Raison et châtiments

M.C. BEATON

Les enquêtes de LADY ROSE

3

Raison et châtiments

roman

Traduit de l'anglais (Grande-Bretagne)
par Amélie Juste-Thomas

ALBIN MICHEL

Ce livre est un ouvrage de fiction. Les noms, les personnages et les événements relatés sont le fruit de l'imagination de l'auteur ou sont utilisés à des fins de fiction.

Édition originale parue sous le titre :
SICK OF SHADOWS

Chez St. Martin's Press, New York, 2005

Pour ma sœur, Matilda Chesney-Grenier
avec toute mon affection et mes remerciements
Pour les nombreux livres
sur l'époque édouardienne

1

> « “Ces ombres me rendent à demi folle”,
> dit la dame de Shalott. »
>
> Alfred Tennyson

Protégés par leur richesse et leurs titres, qui formaient une coquille aussi dure et étincelante qu'un œuf de Fabergé, les aristocrates vivaient en vase clos. À peine l'Angleterre, ce vaste monde où il était possible de mourir de faim, troublait-elle parfois leur vie de fatuité.

Un jour, horreur des horreurs, l'impensable se produisit. Un gouvernement libéral fut élu et s'empressa de faire voter des pensions de vieillesse, l'assurance maladie et des allocations pour les classes défavorisées. Il récidiva avec la journée de travail de huit heures, l'indemnisation des travailleurs, la gratuité des repas scolaires et des soins médicaux. Même le jeune Churchill, pourtant aristocrate, était devenu réformiste et clamait : « Nous voulons fixer un seuil en deçà duquel nous ne tolérerons pas que des gens vivent et travaillent. »

À de rares exceptions près, les aristocrates serrèrent les rangs comme jamais auparavant. L'idée selon laquelle la Chambre des communes était une assemblée de gentlemen avait fait son temps.

Il fallait reconnaître qu'ils avaient d'abord pris ce vent nouveau pour un agaçant courant d'air, comme lorsqu'un valet de pied négligent laisse la porte du salon ouverte. Mais chaque matin, les journaux annonçaient de nouvelles réformes et, au-dessus des rognons du petit déjeuner, les voix élégantes s'exclamaient : « Et qui paiera ? Nous, bien sûr ! »

Il était évident que la faute en incombait à la gratuité de l'école primaire, introduite en 1870. Apprendre aux classes populaires à raisonner par elles-mêmes, voilà où avait été l'erreur.

Alors, en désespoir de cause, les aristocrates se raccrochèrent au snobisme et aux règles de l'étiquette qui seuls désormais leur permettaient de se distinguer de la plèbe.

Pour le comte et la comtesse de Hadfield, l'ennemi venait de l'intérieur : leur propre fille, lady Rose Summer, avait applaudi au résultat de l'élection. Ils crurent qu'elle s'était amendée lorsqu'elle se fiança avec le capitaine Cathcart. Certes, ce drôle de zèbre, qui avait créé une agence de détectives, avait trahi sa classe en s'abaissant à travailler, mais il venait d'une bonne famille et disposait d'un revenu suffisant pour assurer à leur fille le style de vie auquel elle était habituée.

Seulement, aucune date n'avait été arrêtée pour la cérémonie de mariage et d'ailleurs, le couple ne se fréquentait pas beaucoup.

Ce que les parents de Rose ignoraient, c'était que ces fiançailles étaient de pure convenance, un stratagème imaginé par le capitaine pour éviter à Rose d'être expédiée aux Indes avec les autres débutantes qui avaient manqué leur entrée dans le monde.

Pour couronner le tout, Rose avait élevé Daisy Levine, une ancienne meneuse de revue, au rang de femme de chambre, puis de dame de compagnie.

Avec ses épais cheveux bruns, son teint délicat et ses grands yeux bleus, Rose était d'une grande beauté, mais ses connaissances encyclopédiques et ses idées radicales faisaient fuir les prétendants.

Le comte et la comtesse auraient été stupéfaits d'apprendre que, en dépit des apparences, leur fille se donnait beaucoup de mal pour les contenter. Elle endurait dîners, bals et autres mondanités qui lui semblaient d'un ennui mortel. Elle se sentait redevable envers ses parents, qui avaient déboursé des sommes folles pour son entrée dans le monde, qu'elle avait compromise.

Un soir, à la fin du printemps, Rose et Daisy se pomponnaient pour aller à un énième bal. Rose était soulagée que le capitaine ait promis de l'y accompagner, ce qui était rare. Au moins, pour une fois, elle ne subirait pas les regards apitoyés et les ricanements moqueurs des débutantes, qui prenaient un malin plaisir à lui demander où se cachait son fiancé.

La vie semblait encore plus ennuyeuse à sa confidente, Daisy. Âgée d'à peine vingt ans elle aussi, Daisy n'était pas censée danser, ce qui la condamnait à faire tapisserie aux côtés des autres dames de compagnie.

Une demi-heure avant le départ pour le bal du duc de Freemount, Harry Cathcart téléphona. Une affaire urgente s'était présentée et il ne pouvait se joindre à ces dames. Les lèvres pincées, lady Polly, la mère de Rose, ordonna au secrétaire du comte d'appeler sir Peter Petrey sur-le-champ. La spécialité de Peter, jeune homme gracile et maniéré, était de jouer les suppléants lorsqu'un convive annulait un dîner à la dernière minute ou d'accompagner les femmes à qui leur cavalier faisait faux bond. C'était un bel homme, à l'épaisse chevelure blonde et au visage légèrement hâlé.

La comtesse réprima un soupir en le voyant. Pourquoi Rose ne pouvait-elle jeter son dévolu sur un gentleman tel que lui ? Jamais la candide lady Polly n'aurait imaginé que Peter ne nourrissait aucun intérêt pour les femmes, sa méconnaissance de ces questions n'étant pas surprenante pour l'époque. Un éminent chirurgien n'avait-il pas déclaré qu'une lady ne saurait apprécier les choses du sexe, seules les gourgandines en étant capables ?

« Où est-il, ce paltoquet ? s'enquit Peter en escortant Rose en haut de l'escalier d'honneur de la demeure des Freemount.

– Il travaille, je suppose, répondit Rose.

– Ma chère, une femme aussi ravissante que vous ne devrait pas fréquenter un homme qui travaille. Oh, pardon, vous me voyez navré. C'était mesquin de ma part. Mais si vous étiez mienne, je serais constamment à vos côtés. »

La dame de compagnie de Rose avait dessillé les yeux à sa maîtresse, Rose accepta donc le compliment d'un sourire aimable. Elle caressait souvent l'idée d'épouser sir Peter Petrey. Il s'agirait d'un mariage de convenance, bien sûr, mais elle disposerait enfin de son propre foyer et se verrait épargner le dur labeur de mettre au monde un enfant par an.

Rose fit une révérence à ses hôtes et pénétra dans la salle de bal. « Au bras de Peter, une fois de plus, lâcha une duchesse d'une voix forte. Comme c'est triste. »

Ses paroles résonnèrent jusqu'à l'autre bout de la pièce. À force de tirer sur tout ce qui bougeait lors des nombreuses parties de chasse qu'ils organisaient, beaucoup d'aristocrates étaient durs d'oreille et la duchesse, comme tant d'autres, parlait d'une voix haut perchée au staccato prononcé. Mais ce soir-là, sa malveillance fut éclipsée.

Une nouvelle venue dans le beau monde enchaînait les pirouettes au bras d'un soldat de la garde royale tombé sous son charme. Ses épais cheveux blonds étaient ornés de minuscules roses blanches. Contrairement à Rose, trop mince, la silhouette de la jeune femme affichait la forme de sablier qui était en vogue, et le profond décolleté de sa toilette révélait sa généreuse poitrine blanche. Elle avait un visage en forme de cœur et d'immenses yeux d'un noisette intense, qui offraient un contraste séduisant avec sa chevelure blonde et son teint de porcelaine.

Assise à côté d'une vieille douairière, la comtesse Slerely, Daisy chuchota : « Qui est cette beauté qui vient d'entrer ? »

La comtesse leva son face-à-main, puis l'abaissa. « Oh, ça ? C'est Miss Dolly Tremaine. Son père n'est que le recteur d'une vulgaire paroisse de campagne. Son allure est sa seule recommandation. Je crains qu'elle n'ait d'autre choix que d'épouser un vieillard. Les jeunes hommes veulent de l'argent. Où est le fiancé de lady Rose ?

– Il va arriver, mentit Daisy.

– Comme c'est étrange. Dans l'intérêt de sa fiancée, il devrait cesser de s'abaisser à jouer les commerçants.

– Détective privé, ce n'est pas vraiment un commerce, souligna Daisy, sur la défensive.

– Les seuls négoces acceptables, persista la comtesse, sont le thé et la bière. Rien d'autre. »

Daisy soupira. Son corset lui rentrait dans les côtes et il faisait trop chaud dans la salle de bal.

Elle se leva, salua la comtesse d'une révérence, gagna les hautes portes-fenêtres qui donnaient sur Green Park, se glissa derrière les rideaux et sortit sur la terrasse où elle aspira une grande bouffée d'air mêlé de suie. Rose et elle vivraient-elles un jour d'autres aventures ?

Rose se dirigeait vers le vestiaire. Un de ses cavaliers avait déchiré sa traîne en marchant dessus. La domestique de service se mit au travail, sur quoi Dolly Tremaine entra, en larmes.

« Ma chère, s'exclama Rose. Puis-je vous aider ? Que se passe-t-il ?

– Rien », sanglota Dolly en prenant une chaise. « Je suis fatiguée, c'est tout. Tous ces bals et toutes ces réceptions. J'ai l'impression de ne jamais me reposer. La Saison commence la semaine prochaine et ce sera pire.

– Si je peux vous venir en aide de quelque manière que ce soit…

– J'ai besoin d'une amie », gémit Dolly en se tamponnant les yeux avec un mouchoir en dentelle.

Rose remarqua avec surprise que son beau visage ne portait aucune trace de larmes.

« Je pourrais peut-être être cette amie. Je m'appelle Rose Summer.

– Et moi, Dolly Tremaine. Je viens de la campagne et tout à Londres est si grand et si effrayant.

– Vous savez, moi, je m'échappe tôt le matin, dit Rose. Je sors dès potron-minet faire de la bicyclette dans Hyde Park.

– J'aimerais tellement vous accompagner, dit Dolly, mais je doute que mes parents… »

Elle s'interrompit lorsque entra une femme courtaude vêtue d'une robe de soie violette bordée de franges. Rose trouva qu'elle ressemblait à un fauteuil crapaud.

« Dolly, que fais-tu ici ? demanda la femme.

– Ma traîne s'est déchirée, intervint Rose, et cette jeune personne m'est gentiment venue en aide.

– Pourquoi ? C'est à cela que servent les femmes de chambre. Qui êtes-vous ?

– Lady Rose Summer », rétorqua Rose avec condescendance.

Le changement qui s'opéra chez son interlocutrice frisait le ridicule. « Comme c'est aimable à vous de vous occuper de ma petite Dolly, fit-elle, la bouche en cœur. Je suis sa mère.

– Je venais justement d'inviter votre fille à faire de la bicyclette demain matin dans Hyde Park, dit Rose.

– Oh, je suis sûre que ça lui plairait, hélas, elle n'a pas de bicyclette.

– Je lui en procurerai une, répliqua Rose avec superbe. Donnez-moi votre adresse, je ferai envoyer une calèche – disons à neuf heures ?

– Vous êtes trop aimable. Voici ma carte. Viens, Dolly. Lord Berrow t'attend. »

Sur quoi, elle tourna les talons et Dolly la suivit docilement.

« Mais c'est ma bicyclette ! protesta Daisy tandis que la femme de chambre les préparait pour le coucher. Le capitaine me l'a donnée !

– Ce n'est que pour une matinée, tempéra Rose. J'aimerais faire quelque chose pour cette pauvre fille. Je pense qu'elle est tyrannisée par sa mère.

– Vous êtes jalouse comme un pou parce qu'elle est plus jolie que vous, lui assena Daisy, et vous essayez de le cacher en étant gentille avec elle.

– Allez vous coucher ! lui intima Rose. Je ne veux plus entendre parler de cette histoire. »

Rose était tombée en disgrâce après avoir participé à un rassemblement de suffragettes et on lui avait interdit de s'approcher de ces femmes que l'on jugeait hystériques. Depuis lors, elle brûlait d'envie de venir au secours de quelqu'un. Le lendemain matin, elle se mit donc en route pour Hyde Park à bicyclette, suivie de deux valets, dont l'un poussait la bicyclette de Daisy. Elle était bien décidée à découvrir ce qui avait rendu la belle Dolly si triste. Daisy avait vu juste, mais jamais elle ne se serait avoué qu'elle était guidée par le désir mesquin de montrer à la haute société qu'elle était au-dessus de la jalousie.

Pour l'aristocratie, se lever à neuf heures, c'était se lever aux aurores. Rose serait allée au parc plus tôt, dès six heures, si on l'avait laissée faire. Comme c'était palpitant d'être debout au petit matin et de sentir Londres prendre vie autour de soi avec les hennissements des chevaux, le martèlement de leurs sabots et l'air frais, encore exempt de la fine brume qu'exhalaient les milliers de poêles à charbon, zébrant de suie les bâtiments et masquant le soleil, même lors d'une belle journée de printemps.

Tandis qu'elle approchait de la Serpentine, un des attelages de son père la rattrapa. Un valet sauta de l'arrière de la calèche et déplia le marchepied. Dolly descendit les marches en sautillant avec grâce. Elle était vêtue d'une robe de dentelle blanche dotée d'un col montant et arborait un chapeau de paille couvert de fleurs blanches. Sur sa robe, elle portait, ouvert, un manteau bordé de fourrure. À ses pieds, de petites bottines de cuir verni blanc.

« Ma chère Miss Tremaine ! s'exclama Rose. Vous auriez dû mettre une jupe-culotte. Vous ne pouvez pas monter à bicyclette dans cette tenue. »

Dolly fondit en larmes. « Je… Je fais toujours ce qu'il ne faut pas, gémit-elle.

– Allons, allons, dit Rose en lui tapotant maladroitement le dos. Séchez vos larmes. Nous marcherons, voilà tout. » Elle abandonna sa bicyclette aux valets. « Maintenant, essayez d'être gaie. Il fait trop beau pour être triste. »

Dolly s'exécuta et prit le bras de Rose, un geste un tantinet trop familier pour celle-ci, qui se dégagea de l'étreinte inopportune. Dolly se remit à pleurer. « Je vous ai offensée !

– Mais non, voyons. Asseyez-vous sur ce banc, je vous en prie. Calmez-vous. Pourquoi êtes-vous aussi bouleversée ?

– J'ignore tout de l'étiquette, se lamenta Dolly en reniflant. Il y a tellement de règles. Tenez, nous prenions le thé hier à Kensington, chez Mrs Barrington-Bruce. Un thé splendide et j'ai bon appétit. J'ai goûté à tout et je me suis aperçue que les autres femmes me regardaient avec épouvante. Pire que cela, j'avais retiré mes gants. J'ignorais que nous étions censées les garder pour manger.

– Les conventions veulent que l'on ne prenne qu'un petit pain beurré, expliqua Rose. Ils sont roulés de manière à ce qu'on ne risque pas de tacher nos gants.

– Et puis, je parle beaucoup de la campagne, parce que mon village me manque énormément, et Mère dit que tout le monde se moque de moi et m'appelle la Vachère.

– Ce serait une bonne stratégie de parler le moins possible. Contentez-vous de prendre un air énigmatique.

– Comment cela ?

– Soyez mystérieuse. Insaisissable.

– Mais les gentlemen font parfois des remarques très flatteuses et je crains de les froisser.

– Dans ce cas, il suffit d'un petit coup d'éventail sur le bras, vous baissez les yeux et vous murmurez quelque chose comme "Oh, monsieur, je crains que vous ne soyez trop vilain pour moi. Peut-être suis-je naïve. Je vais répéter à maman exactement ce que vous venez de me dire." Croyez-moi, cela calmera leurs ardeurs.

– Vous êtes si intelligente ! Dites-m'en plus. »

Flattée, se sentant enfin utile à quelqu'un, Rose continua d'instruire son élève.

Pourtant, la matinée fut gâchée quand, juste avant de partir, Dolly lança : « J'aimerais beaucoup rencontrer votre fiancé. Il semble être un homme des plus fascinants. On dit qu'il n'est jamais à vos côtés.

– On dit beaucoup de sottises », rétorqua Rose, piquée au vif.

« Vous avez l'air fâchée, commenta Daisy lorsque Rose fut de retour. Qu'a-t-elle fait pour vous contrarier ?

– Rien. C'est une innocente jeune fille, adorable et charmante. J'ai pu lui donner quelques conseils sur la façon de se comporter en société. Nous nous reverrons. Elle pleure beaucoup. Elle est très sensible.

– Je suis sûre qu'elle joue la comédie, persifla Daisy, jalouse. Eh bien, si ce n'est pas elle qui vous a offensée, qui est-ce ?

– Personne… tout le monde. On ne fait que jacasser sur mon prétendu fiancé, on se demande pourquoi il n'est jamais avec moi. J'étais pourtant persuadée que le capitaine jouerait le jeu.

– Allons le voir, dit Daisy avec empressement. Il n'y a pas de mal à rendre visite à quelqu'un à son bureau.

– Je ne m'*abaisserai* pas à le supplier.

– Mais…

– Il suffit, Daisy. »

Je suis censée être sa dame de compagnie et son amie, maugréa Daisy en son for intérieur, mais elle me prend toujours de haut. Puis son visage s'éclaira. Le majordome du capitaine, Becket, pour qui elle avait un faible, saurait forcément quoi faire.

« Aurez-vous besoin de moi aujourd'hui ? s'enquit Daisy.

– Je ne sais pas. Qu'avons-nous de prévu ?

– Cet après-midi, vous devez faire des visites avec votre mère. Ma présence n'est pas requise.

– J'imagine que non. Que comptez-vous faire ?

– Chais pas. Les boutiques.

– Ne dites pas "chais pas" », la tança Rose, mais Daisy feignit de ne pas l'entendre et quitta la pièce.

C'était une belle journée, alors Daisy se rendit de Belgravia à Chelsea à pied. Son cœur s'emballa sous son corset quand elle s'engagea dans Water Street, où habitait le capitaine. Il lui semblait que cela faisait une éternité qu'elle n'avait vu Becket. Elle imagina sa surprise lorsqu'il ouvrirait la porte et la trouverait sur le seuil.

À son grand désarroi, ce fut le capitaine Harry Cathcart en personne qui répondit. Daisy le trouvait plutôt intimidant. Grand, les cheveux noirs et les tempes grisonnantes, il approchait de la trentaine. Son visage aux yeux sombres, enfoncés dans leurs orbites sous d'épaisses paupières, était séduisant, quoique sévère.

« Où est Becket ? s'enquit Daisy.

– Je crains qu'il ne soit pas au mieux de sa forme. Il a pris froid, je l'ai envoyé se coucher. Vous vouliez le voir ? Entrez. »

Daisy le suivit dans le salon aux murs tapissés de livres. « Asseyez-vous, Daisy.

– Il faut m'appeler Miss Levine, dit Daisy avec détermination. Je suis dame de compagnie maintenant. Je m'inquiète pour Rose.

– Pourquoi ? Quel est le problème ?

– Vous êtes censé être son fiancé, mais on ne vous voit jamais à ses côtés. Les commérages vont bon train, on ricane sur son passage. Elle est toujours flanquée de ce sir Peter Petrey et la rumeur court qu'elle pourrait vous laisser tomber pour lui.

– Petrey ? Il ne s'intéresse pas aux femmes.

– Je le sais, vous le savez, Rose le sait. Mais envisagez les choses de son point de vue. Elle pourrait l'épouser, avoir sa propre maison sans s'inquiéter de faire des enfants. Alors pourquoi devrait-elle s'accrocher à vous ?

– Daisy – Miss Levine –, vous savez très bien que nos fiançailles ne sont rien de plus qu'un arrangement. J'ai été très occupé. Cela étant, j'ai sans doute fait preuve de négligence. Que fait-elle ce soir ?

– Elle va à un bal, un de plus. Chez les Barrington-Bruce.

– Dites-lui que je l'accompagnerai.

– Dites-le-lui vous-même. Elle ne sait pas que je suis là et si elle le découvrait, elle serait furieuse. Puis-je voir Becket ?

– Il a un mauvais rhume et vous ne devriez pas rendre visite à un homme dans sa chambre.

– Juste quelques minutes », implora Daisy.

Elle s'attendait à ce que la chambre de Becket se trouve au sous-sol, près de l'office, mais le capitaine la mena au deuxième étage. « Quelqu'un pour vous, Becket », annonça-t-il avant de faire entrer la jeune femme.

Le majordome se redressa tant bien que mal sur ses oreillers. « Quoi ! Daisy ? Tu ne devrais pas me voir dans cet état ! »

Harry battit en retraite, prenant soin de laisser la porte ouverte. Les cheveux bruns de Becket, d'habitude scrupuleusement plaqués au-dessus de son visage étroit et pâle, étaient dressés sur son crâne. Daisy s'assit près du lit. « Tu as vu le médecin ?

– Oui, selon lui ce n'est rien de plus qu'un rhume carabiné. Je serai frais comme un gardon d'ici quelques jours.

– Le capitaine te bichonne, dis donc », remarqua Daisy en balayant du regard la pièce baignée de soleil.

Les murs étaient tapissés d'étagères. Il y avait un fauteuil en cuir devant la cheminée et, près de la fenêtre, un joli bureau.

« Que fais-tu ici ? » demanda Becket.

Daisy lui parla du manque d'attention du capitaine à l'égard de Rose et de la colère de celle-ci. « Je pense que mon maître est réellement amoureux d'elle, avança Becket, et que c'est précisément pour cette raison qu'il garde ses distances. Elle pourrait le faire souffrir et il n'aime pas cela.

– Je crois qu'elle aussi en pince pour lui, dit Daisy. C'est pour ça qu'elle est malheureuse. Elle me traite en domestique, comme elle ne l'a jamais fait. Heureusement que le capitaine a promis de l'emmener au bal ce soir. »

Becket soupira. « Espérons que les écailles finiront par leur tomber des yeux. »

Une heure plus tard, Harry arrivait à son bureau de Buckingham Palace Road. Sa secrétaire, Ailsa Bridge, tapait activement à la machine. La fenêtre derrière elle était grande ouverte, mais l'air embaumait encore la menthe. Harry croyait que sa secrétaire raffolait des bonbons à la menthe et était loin de se douter que le péché mignon d'Ailsa, c'était le gin. Elle buvait de l'alcool de menthe pour en masquer l'odeur.

« Comment vont les affaires ? demanda-t-il.

– Plusieurs demandes sont arrivées. La plus urgente vient de Mrs Barrington-Bruce. Elle portera ses diamants ce soir et redoute les voleurs, elle voudrait que vous montiez la garde lors de son bal.

– Je vais devoir refuser. J'accompagne ma fiancée à ce bal et je doute qu'elle soit ravie de me voir jouer les gardes du corps. J'appelle Mrs Barrington-Bruce dans un instant. » Harry gagna son bureau et commença par appeler Rose, mais elle prenait justement le thé chez Mrs Barrington-Bruce. Il téléphona chez les Barrington-Bruce et demanda au majordome de lui passer lady Rose Summer.

Rose eut un coup au cœur lorsqu'elle entendit la voix du capitaine. « J'ai une bonne nouvelle. Je serai à vos côtés ce soir », annonça Harry.

La voix de Rose sonna froide et distante. « Hélas, c'est trop tard. J'ai déjà demandé à sir Peter Petrey de m'accompagner. Comment pouvais-je savoir que vous vous décideriez au dernier moment à honorer notre accord ?

– Écoutez-moi…

– Au revoir. »

Harry fusilla du regard le combiné. Comment osait-elle ? Il rappela et cette fois demanda à parler à Mrs Barrington-Bruce. Il l'informa qu'il veillerait sur ses bijoux.

Mrs Barrington-Bruce était une hôtesse infatigable. Ses soirées fastueuses attiraient la crème de la haute société, des mondains qui ne prenaient d'ordinaire pas la peine de se déplacer jusqu'à Kensington.

Daisy se sentait de plus en plus abattue. Pendant le trajet jusqu'au bal, Rose lui avait confié ses inquiétudes concernant Dolly. Elle pensait que la jeune femme cachait un profond chagrin et que les règles de l'étiquette n'étaient pas sa seule préoccupation. Jaseur invétéré, Peter incitait Rose à parler. Daisy commençait vraiment à craindre que Rose n'envisage un mariage de convenance avec Peter. Et puis elle était jalouse de Dolly. Elle avait le sentiment que les frontières entre les classes étaient si rigides que jamais Rose ne la considérerait comme une amie, contrairement à Dolly, jugée convenable par la société.

Bien que louée pour sa beauté, depuis ses fiançailles, Rose n'avait plus les faveurs du monde et, à sa grande fureur, elle fit tapisserie trois danses entières alors que le capitaine hantait les lieux. Elle ignorait qu'il était en mission et crut qu'il la snobait de manière délibérée. Elle était tellement en colère que lorsque Peter se présenta pour sa deuxième danse, elle flirta avec lui de manière éhontée. Son cavalier, qui n'était pas né de la dernière pluie, comprit pourquoi elle se comportait de la sorte et joua le jeu.

Harry était hors de lui. Comment osait-elle l'humilier ainsi ? Mrs Barrington-Bruce l'aborda. « Je pense que vous devriez danser avec votre fiancée, le sermonna-t-elle. Mes invités ne savent pas que vous travaillez pour moi ce soir et ils ont l'impression que vous l'ignorez intentionnellement. »

Il n'avait pas vu les choses sous cet angle, mais avant qu'il n'ait le temps d'aborder Rose, le charme qu'elle avait déployé avait attiré de nombreux admirateurs et son carnet de bal était plein. Alors ce fut devant Daisy qu'il s'inclina : « Miss Levine, me ferez-vous l'honneur ? »

« Miss Levine ne danse pas... », voulut protester Rose, mais son nouveau partenaire était venu réclamer sa danse et Harry emmenait déjà Daisy.

Celle-ci leva son minois, qui gardait la trace de son air pincé typiquement cockney, vers le visage soucieux du capitaine. « Vous ne pouvez vous en prendre qu'à vous-même, murmura-t-elle tandis qu'ils valsaient.

– Je travaille, siffla-t-il. Je suis censé ouvrir l'œil, au cas où l'on voudrait dérober ses bijoux à notre hôtesse.

– On dirait bien qu'elle a sorti toute sa camelote. Un vrai sapin de Noël !

– Mrs Barrington-Bruce redoute qu'un scélérat ne fasse irruption dans la salle de bal pour la dépouiller.

– Avec le corset qu'elle porte, elle ne craint rien. C'est une vraie armure ! gloussa Daisy. Vous faites l'objet de beaucoup de commérages ce soir, monsieur.

– J'ai bien envie de mettre fin à cette stupide mascarade.

– Vous ne pouvez pas faire une chose pareille !

Rose serait envoyée aux Indes et moi avec ! Oh, faites un effort, jouez les chevaliers servants. »

Ses yeux verts légèrement globuleux étaient remplis d'inquiétude. Harry lâcha un rire réticent : « J'essaierai. »

Rose, elle, ne songeait plus à Harry. Dolly lui avait glissé un billet dans la main. Rose le lut dès que l'occasion se présenta. Il disait : « Vous êtes ma seule *ammie*. Je m'enfuis. Retrouvez-moi au Serpent à six heures demain et je dirai tout. Venez seule. Bien à vous. *Ammitiés*. Dolly. »

« Vous ne comptez tout de même pas vous y rendre ? s'enquit Peter sur le chemin du retour. Six heures du matin, c'est dans quatre heures !

– Dolly a besoin de mon aide, répliqua Rose avec fermeté. J'irai.

– Je vous accompagne, déclara Daisy.

– Non, elle me demande de venir seule et c'est ce que je vais faire. Maman ne remarquera pas mon absence. Elle s'attend à ce que je ne me lève pas avant une heure de l'après-midi.

À six heures moins le quart, Rose se glissa hors de la demeure familiale et prit d'un pas vif la direction de Hyde Park, sans s'apercevoir que Daisy lui emboîtait le pas à bonne distance.

Dolly l'attendrait sûrement sur le pont qui enjambait la Serpentine, comme la fois précédente. Rose frissonna. Le temps s'était rafraîchi. Sous le pont, un canard poussa un cri et elle se pencha au-dessus de la balustrade.

Puis se mit à hurler. Cachée derrière un arbre tout proche, Daisy la rejoignit comme une flèche. Trop bouleversée pour demander à sa dame de compagnie pourquoi elle l'avait suivie, Rose pointa l'eau du doigt.

Une barque était amarrée près du pont. Au fond se trouvait Dolly, vêtue comme la dame de Shalott dans l'illustration préraphaélite du célèbre poème de Tennyson réalisée par John Atkinson Grimshaw. Les étoffes vaporeuses dont elle était drapée avaient glissé dans l'eau, formant une traîne. Elle avait les cheveux tressés de fleurs et les mains croisées sur la poitrine. Son beau visage était blanc comme la craie.

« Vous croyez qu'elle vous fait une niche ? interrogea Daisy.

– Non, regardez, il y a du sang sur sa robe. »

Daisy jeta des regards frénétiques aux alentours. « Venez. Le meurtrier est peut-être encore dans les parages.

– Nous devons prévenir la police », dit Rose.

Comme par enchantement, un agent qui patrouillait à bicyclette fit son apparition.

« À l'aide ! cria Rose. Par ici ! »

Rose et Daisy s'agrippèrent l'une à l'autre tandis que le policier approchait.

« Miss Dolly Tremaine est là, en bas, gémit Rose, pantelante. Elle a été assassinée. »

L'agent se précipita sur la berge et se pencha sur le corps. Puis il remonta en courant, sortit un carnet et y inscrivit leurs noms. « Attendez là », leur intima-t-il.

« Où va-t-il ? chuchota Daisy, blême.

– Il y a une cabine de police sur Park Lane. Il ne va pas tarder à revenir. »

Ces cabines en fonte éclairées au gaz et destinées à la police et au grand public avaient vu le jour à Glasgow, quatre ans seulement après l'invention du téléphone. Elles ressemblaient à des vespasiennes.

Rose et Daisy n'attendirent pas longtemps. L'agent de police revint et prit à nouveau des notes. Qui était la victime ? Où habitait-elle ? Bientôt, d'autres policiers arrivèrent, puis deux inspecteurs, suivis de près par l'inspecteur divisionnaire Kerridge dans une automobile des services de police.

« Lady Rose ! » s'écria-t-il. Il avait déjà enquêté sur deux affaires dans lesquelles Rose était impliquée. « Qu'avez-vous encore fait ? »

2

« Elle m'a gorgonisé de la tête aux pieds,
D'un regard de pierre des plus britanniques. »

Alfred, lord Tennyson

C'était le branle-bas de combat dans la demeure des Hadfield. Le comte et la comtesse avaient été tirés du lit par la nouvelle déplaisante que lady Rose et Daisy étaient rentrées escortées par l'inspecteur divisionnaire Kerridge et l'inspecteur Judd. On les informa que l'inspecteur divisionnaire reviendrait aussi vite que possible pour interroger leur fille. Que diable avait-elle encore fait ?

Kerridge savait qu'il s'attirerait de gros ennuis s'il continuait de questionner Rose en l'absence de ses parents. Tant qu'elle n'était pas mariée, une jeune femme bien née n'était pas censée bénéficier de la moindre liberté. Les lettres qu'elle recevait étaient systématiquement lues par ses parents avant de lui être remises et l'on n'attendait surtout pas d'elle qu'elle s'aventure dehors sans chaperon. Kerridge était sûr que le comte ne considérait pas Daisy comme un chaperon convenable et que Rose ne pouvait sortir que flanquée d'une femme de chambre et de deux valets de pied.

Il revint chez les Hadfield tout de suite après sa visite aux parents de Dolly. Il était midi passé, mais il dut patienter un certain temps que le comte et la comtesse soient habillés.

L'accueil du comte fut abrupt : « Encore vous ? Que manigance notre Rose, cette fois ? Encore ces satanées suffragettes, je suppose.

– Non, monsieur, répondit Kerridge. Il s'agit d'une affaire de meurtre.

– Où est ma fille ? glapit lady Polly.

– Je suis là, maman », lança une voix calme depuis la porte.

Rose s'était retirée dans ses appartements pour voler une heure de sommeil.

« Qui a été tué ? » s'enquit le comte. Il tira furieusement sur le cordon qui commandait la sonnette et ordonna au valet qui se présenta d'aller quérir son secrétaire, Matthew Jarvis.

« Une certaine Miss Dolly Tremaine.

– Oh, cette belle jeune femme, gémit lady Polly. Quel est le rapport avec ma fille ? »

Quand Matthew fit son entrée, le comte aboya :

« Allez me chercher Cathcart. Je veux qu'il vienne sur-le-champ.

– Très bien, monsieur.

– Lady Rose Summer devait retrouver Miss Tremaine sur le pont qui enjambe la Serpentine à six heures ce matin, fit Kerridge.

– Pourquoi diable… ?

– Miss Tremaine m'a donné un billet hier soir, expliqua Rose. Elle voulait fuguer. En arrivant sur le pont, j'ai regardé par-dessus le parapet et je l'ai vue allongée au fond d'une barque, habillée comme la dame de Shalott. Elle était morte.

– Shalott ? Jamais entendu parler, fit le comte. Cette femme ne figure pas dans le Debrett's, ça je peux vous le dire. Une étrangère, à n'en pas douter.

– La dame de Shalott est le titre d'un poème de lord Tennyson, papa. J'ai là un exemplaire de ses travaux. Voici la fameuse illustration, monsieur Kerridge.

– Une idée de la raison pour laquelle elle était vêtue de cette manière ?

– Miss Tremaine pourrait avoir fait faire cette tenue pour le bal costumé prévu la semaine prochaine.

– Pourquoi voulait-elle s'enfuir ?

– Je ne sais pas. Elle m'avait confié être déroutée par les règles de l'étiquette. Les mondanités la rendaient malheureuse. Son père est un ecclésiastique de l'Église d'Angleterre et ses parents attendaient d'elle qu'elle épouse un homme riche pour compenser le coût de la Saison.

– Rien de mal à cela, grommela le comte.

– Je suppose que vous avez interrogé ses parents, dit Rose. Savent-ils pourquoi elle voulait fuguer ?

– Pas du tout, répondit Kerridge. En fait, d'après eux, elle était sur le point de se fiancer, avant même le début de la Saison. Avec un certain lord Berrow.

– Il est assez âgé, observa Rose. C'est sans doute pour cela qu'elle voulait s'enfuir.

– Billevesées, dit lady Polly. Le problème, c'est que les jeunes filles d'aujourd'hui lisent trop de romans à l'eau de rose. On ne se marie pas par amour.

– Allons, ma chère, protesta le comte.

– Nous étions une exception, se radoucit lady Polly. Où se trouve l'église de cet homme ?

– Sans doute dans un petit patelin perdu au fin fond de la campagne », dit le comte.

Proprement incroyable, songea Kerridge. Leur unique enfant vient de découvrir un cadavre et ils se fichent tout bonnement de savoir comment elle se sent.

« Le capitaine Cathcart, annonça le majordome.

– Comment a-t-il fait pour arriver si vite ? s'exclama le comte.

– Il a une automobile, fit Rose.

– Ces engins de malheur à l'odeur nauséabonde ne remplaceront jamais les chevaux. Asseyez-vous, Cathcart. » Le comte pointa un doigt sur Rose. « Elle s'est encore mise dans le pétrin. »

Kerridge se rappela une des leçons que sa mère lui avait inculquées : « Quand on est bien élevé, on ne montre pas du doigt. Jamais une personne bien née ne ferait une chose aussi impolie. » Ces gens lui auraient fait perdre ses illusions, pensa l'inspecteur divisionnaire avec aigreur.

« Lady Rose, commença-t-il, a découvert le cadavre d'une certaine Miss Dolly Tremaine tôt ce matin. »

Harry écouta avec la plus grande attention, tandis que Kerridge faisait le compte rendu de ce qu'il savait.

« Que dit sa famille ? demanda Harry. Avait-elle des ennemis ?

– Ses parents ne lui en connaissent aucun. Ils sont accablés de chagrin et complètement désemparés.

– Des frères et sœurs ?

– Un frère, Jeremy, vingt-sept ans. Je pense qu'ils pourront nous donner de plus amples informations quand ils se sentiront un peu mieux.

– Bizarre, ça, commenta le comte. Seulement deux enfants ? Moi qui pensais que les membres de l'Église d'Angleterre se reproduisaient comme des lapins.

– Pas devant Rose », l'admonesta lady Polly.

Puis elle réprima un soupir, songeant aux petites tombes qui s'alignaient dans le cimetière de Stacey Court, leur domaine campagnard – les huit petits frères et sœurs de Rose qui étaient morts à la naissance.

« À quelle heure avez-vous quitté le bal hier soir ? demanda Harry à Rose.

– Vers deux heures du matin.

– Miss Tremaine était-elle encore là ?

– Je ne me souviens pas l'avoir vue après minuit.

– Donc, à un moment entre, disons, minuit et six heures du matin, quelqu'un l'a assassinée et costumée. Kerridge, il faudra fouiller la maison de son père.

– D'après ses parents, son lit n'était pas défait, répondit Kerridge. Elle avait prévu de fuguer. Elle peut avoir enfilé cette tenue pour faire plaisir à un galant qui s'en sera pris à elle.

– Je n'aime pas ça, dit Harry. Je pense que la personne qui l'a tuée était au courant qu'elle allait rejoindre lady Rose. Avez-vous encore le billet, ma chère ?

– J'ai dû l'égarer au bal. Pourtant, je me souviens l'avoir mis dans mon réticule, que j'ai confié à Daisy pendant que je dansais.

– Appelez-la. »

Lady Polly ordonna qu'on fasse venir la dame de compagnie.

Lorsqu'elle entra, Kerridge dit : « Lady Rose vous a confié son réticule pendant qu'elle dansait. L'avez-vous laissé sans surveillance ?

– Je l'ai posé sur une chaise pendant que je valsais avec le capitaine, répondit la jeune femme. J'étais assise à côté de la comtesse Slerely. Comme d'habitude. Si quelqu'un avait fouillé dedans, il ne serait pas passé inaperçu.

– Il me semble que vous avez dansé avec le capitaine Cathcart avant que Dolly ne me donne ce billet, remarqua Rose. Vous êtes-vous absentée à un autre moment ?

– Eh bien, j'ai dû aller au petit coin. Une fois, juste avant minuit.

– Je ferais bien de passer voir la comtesse Slerely, dit Kerridge. Lady Rose, si quoi que ce soit vous revient…

– Non, rien ne lui reviendra, coupa le comte. Elle n'aurait jamais dû se trouver dehors à cette heure indue, et sans chaperon par-dessus le marché.

– J'étais là », fit observer Daisy.

Le comte l'ignora. « Plus de bicyclette pour toi, jeune demoiselle. Va dans ta chambre. Quant à vous, poursuivit-il en fusillant Harry du regard, dans la mesure où ma fille se retrouve mêlée à cette histoire, je vous saurais gré de tirer tout cela au clair aussi promptement que possible. Et pendant que nous y sommes, qu'est-ce qui vous prend d'ignorer Rose de cette manière ?

– Je suis désolé. Toutes mes excuses, la pression du travail…

– Peuh ! Comportez-vous correctement à l'avenir ou je mettrai moi-même un terme à ces fiançailles grotesques. »

« Ce que je me demande, dit Harry un peu plus tard à son majordome, c'est où le père Tremaine a trouvé assez d'argent pour louer une maison pour la Saison et fournir à sa fille la garde-robe nécessaire.

– Il vient d'une bonne famille, répondit Becket. Sa tante a fait un beau mariage et lui a laissé un héritage important.

– Comment savez-vous cela ?

– Vous me dites toujours de prêter l'oreille aux cancans des domestiques. Le Running Footman, où beaucoup d'entre eux aiment se retrouver autour d'un verre, est une véritable mine d'informations.

– Je vous suggère d'y aller ce soir pour découvrir ce que vous pourrez sur cette famille.

– Puis-je avoir un peu d'argent pour payer ma tournée, Monsieur ?

– Bien sûr », dit Harry, sortant en hâte son portefeuille. Il en tira un grand billet de cinq livres. « Ce sera suffisant ?

– Plus que suffisant. Je vous rapporterai la monnaie.

– Vous pouvez la garder pour de futurs pots-de-vin.

– Pensez-vous, Monsieur, que lady Rose et Miss Levine sont en sécurité ?

– Pourquoi cette question ?

– Le meurtrier pourrait croire que Miss Tremaine a confié à lady Rose plus de choses qu'elle ne l'a fait en réalité. »

Harry s'agita, mal à l'aise. « Je suis sûr que tout ira bien. Je me pose des questions sur lord Berrow. Il a la cinquantaine, c'est ça ?

– Je crois. Il est veuf. D'après les potins, il aurait poussé sa femme dans la tombe à force de courir le jupon.

– Vous m'en direz tant ! Qu'avait en tête sa sainteté le Dr Tremaine pour envisager d'accorder la main de sa fille à un tel homme ?

– Lord Berrow est très riche.

– Vous ne trouvez pas que la société actuelle est on ne peut plus dépravée, Becket ?

– Ce n'est pas à moi de le dire, Monsieur. Sortirez-vous ce soir ?

– Oui, je ferais bien de rendre visite à ma fiancée. Son père m'a accusé de la négliger. »

Harry dut patienter un long moment pendant que le comte et la comtesse se querellaient pour savoir s'il pouvait parler à leur fille. « J'avais espéré que ces fiançailles de malheur feraient long feu, rouspéta le comte.

– Nous aurions dû envoyer Rose aux Indes. La fille de Mrs Fanshawe, qui est d'une laideur absolue, y est allée et elle a gagné l'affection du colonel Brady. Cela étant, peut-être qu'en voyant plus souvent le capitaine Cathcart, Rose se rendra compte de sa déraison. Elle semble éprouver de l'attachement pour sir Peter. »

Ils discutèrent et se disputèrent un certain temps tandis que Harry faisait les cent pas dans le hall.

Enfin, on le fit entrer. On lui accorda un quart

d'heure en tête à tête avec Rose, pourvu que la porte du salon reste ouverte.

Avant de les quitter, lady Polly vit Harry se ruer dans la pièce et saisir les mains de sa fille pour les embrasser. Sa mère partie, Rose retira vivement ses mains en rougissant. « Que voulez-vous ? demanda-t-elle.

– Je suis inquiet pour votre sécurité. Comme Becket me l'a fait remarquer, votre vie pourrait être menacée. Soyez très prudente.

– J'en ai assez d'être prudente, maugréa Rose. Je suis fatiguée de passer mon temps à m'habiller et me déshabiller pour m'attabler devant des quantités astronomiques de victuailles alors que tant de gens vivent dans la misère.

– Je pensais que découvrir l'identité du meurtrier vous intéresserait. »

Une lueur de curiosité brilla soudain dans les yeux bleus de Rose.

« Comment pourrais-je m'y prendre ?

– Ce lord Berrow. Si je vais l'interroger, il se fermera comme une huître. Alors que si vous le rencontrez en société et que vous orientez la conversation sur cette pauvre Dolly, il pourrait vous en dire davantage qu'à moi ou à Kerridge. »

À Scotland Yard, Kerridge se vit refuser l'autorisation de fouiller la maison londonienne du recteur et reçut une leçon cinglante sur son manque de sensibilité : comment pouvait-il envisager d'accroître la douleur d'une famille déjà dans la peine !

Il se sentait épuisé. Un peu plus tôt, il avait interrogé lord Berrow, qui s'était contenté de le dévisager avec insolence avant de menacer de se plaindre de lui auprès du Premier ministre.

Entendant du bruit sur le palier, Harry se dépêcha de prendre Rose dans ses bras et l'embrassa doucement sur le front juste au moment où lady Polly entrait dans la pièce.

« Vous pouvez disposer, intima celle-ci. J'ai annulé toutes les obligations de ma fille pour les deux prochains jours. Après cela, je vous informerai de son emploi du temps et j'attendrai de vous que vous vous teniez à sa disposition.

– J'en serais enchanté », répondit Harry avant de s'incliner et de sortir.

Le léger parfum de fleur que Rose portait l'accompagna jusque dans la rue et il lâcha un tel juron qu'une élégante qui promenait son chien lui lança un regard outré.

Deux jours plus tard, Brum, le majordome, apporta comme d'habitude le courrier du matin sur un petit plateau en argent et le plaça près de l'assiette du comte, qui prenait son petit déjeuner.

Rose lorgna la pile de lettres. Si elle avait été un homme, pensa-t-elle avec aigreur, son courrier lui aurait été remis cacheté. Non qu'elle entretienne une correspondance vraiment personnelle, mais elle avait espoir que Harry lui écrirait pour la tenir informée de l'avancée de l'enquête.

Le comte posa son couteau et sa fourchette et jeta un coup d'œil rapide aux enveloppes. Sur quoi, il sonna. « Donnez cela à Mr Jarvis, dit-il à Brum. Rien d'intéressant.

– Une de ces lettres est adressée à lady Rose, souligna le majordome.

– Vraiment ? Je n'avais pas remarqué. Donnez-la-moi.

– Je pense être capable de la lire par moi-même », protesta Rose.

Son père ne releva pas. Il souleva la lettre et la fixa du regard. Puis il tendit la main et Brum y déposa le coupe-papier qui était sur le plateau.

« Voyons voir. Bon sang de bois !

– Qu'y a-t-il ? s'enquit lady Polly.

– Donnez-moi cette lettre, papa ! cria Rose.

– Monte dans ta chambre, jeune fille. Vous aussi, Levine, et qu'on aille me chercher Cathcart ! »

« De quoi peut-il s'agir ? s'impatienta Rose, assise dans son boudoir en compagnie de Daisy.

– Peut-être qu'un admirateur vous a envoyé une lettre un peu trop enthousiaste et que lord Hadfield a convoqué le capitaine pour qu'il aille l'intimider. »

Daisy se leva et s'approcha du miroir. Rose lui

avait fait cadeau d'une toilette pour le matin en dentelle blanche décorée de petites roses rouges. La dame de compagnie admirait son reflet en se demandant si elle aurait jamais l'occasion de la montrer à Becket.

Elle eut une idée. « Si le capitaine vient avec Becket, il attendra certainement dans le hall. Je pourrais descendre en vitesse voir s'il est au courant de ce qui se passe.

– Bonne idée. Mais vous savez comment est papa. Le capitaine aura été convoqué sans explication.

– N'importe, je vais les guetter par la fenêtre. »

Rose ne tenait pas en place, tandis que Daisy scrutait la rue. Enfin, après ce qui lui sembla une éternité, elle vit arriver l'automobile du capitaine, Becket au volant.

« Ils sont là ! cria Daisy. Je ne serai pas longue. »

Elle patienta sur le palier jusqu'à ce que le capitaine soit introduit dans la salle du petit déjeuner, puis descendit l'escalier sur la pointe des pieds.

Becket se trouvait effectivement dans le hall.

« Eh bien, Daisy ! s'exclama-t-il. Tu as tout d'une dame.

– C'est joli, n'est-ce pas ? répondit la jeune femme en lissant sa robe avec satisfaction. Dis-moi, sais-tu ce qui se passe ?

– Au début le capitaine a refusé de venir, expliqua Becket à voix basse, parce qu'il est très occupé et qu'il n'aime pas la façon dont lord Hadfield s'attend à ce qu'il accoure ventre à terre au moindre claquement de doigts. Alors le secrétaire, Mr Jarvis, a rappelé et lui a expliqué que lady Rose avait reçu une menace de mort.

– Nom d'une pipe en bois ! s'exclama Daisy. Quelle plaie ! Rose est encore sous le choc. Elle affiche un sang-froid à toute épreuve, mais je l'entends pleurer la nuit. Pourvu qu'ils ne décident pas de l'expédier aux Indes !

– Les journaux ont fait leurs choux gras de cette histoire. Il s'agit sans doute d'un déséquilibré. »

« Il s'agit probablement d'un fou, disait Harry au même moment. Je vais apporter cette lettre à Scotland Yard. Kerridge voudra vérifier s'il y a des empreintes. » Il examina à nouveau le courrier. Il était rédigé à partir de lettres découpées dans des magazines et disait : « Chère lady Rose, ne racontez rien de ce que Dolly vous a confié ou vous serez la prochaine. Un ami qui vous veut du bien. »

« Il est évident, continua Harry, qu'une personne saine d'esprit aurait supposé que lady Rose avait déjà révélé à Scotland Yard tout ce qu'elle savait. »

Matthew Jarvis, debout derrière le fauteuil du comte, toussota discrètement. « Si je puis me permettre, Monsieur…

– Je vous écoute.

– Un article du *Daily Mail* d'hier avançait que lady Rose connaissait probablement le sombre secret qui aurait poussé Miss Tremaine à fuguer, mais qu'elle gardait le silence par loyauté envers son amie.

– Sottises, dit Harry. Lady Rose connaissait à peine cette jeune femme.

– Comment les journaux ont-ils découvert que ma fille est mêlée à cette histoire ? s'emporta le comte.

– Je suis sûr qu'ils graissent la patte à un policier, sans parler des pots-de-vin qu'ils versent aux domestiques.

– Un reporter a essayé de me soudoyer, intervint Brum. Je lui ai passé un bon savon, Monsieur. De toute façon, il est prévu que mes gages soient augmentés.

– Ah bon ? » demanda le comte, déconcerté.

Un éclair d'amusement anima le visage de Harry. « Je présume que Brum veut dire que maintenant, c'est le cas. »

Le comte se tourna vers son majordome et le regarda avec des yeux ronds. « Essayez-vous de me faire chanter ? »

Le majordome leva ses mains gantées avec horreur. « Loin de moi cette idée, Monsieur. Mais Monsieur m'avait promis de m'augmenter au bout de quelques années.

– Vraiment ? Oh, bien, faites le nécessaire Mr Jarvis.

– Monsieur..., reprit Brum.

– Quoi encore ?

– Si vous permettez que je prenne la parole,

Monsieur. Cela concerne lady Rose et son sombre secret.

– Elle n'a pas de sombre secret ! rugit le comte. De quoi s'agit-il ?

– Le *Morning Bugle* a repris l'histoire du *Daily Mail* et a publié un long article sur lady Rose. Il évoque les meurtres dans lesquels elle a précédemment été impliquée et le fait que son fiancé est le capitaine ici présent. Ils ont inclus une photographie de lady Rose, prise l'année dernière lors d'une garden-party et sur laquelle elle semble fort mélancolique. Ils disent qu'elle doit renoncer à être loyale et communiquer à la police ce qu'elle sait. Je ne voulais pas ajouter à votre inquiétude, mais plusieurs reporters se sont présentés hier. »

En examinant le visage impassible de Brum, Harry fut convaincu que le majordome avait accepté de l'argent de la part de journalistes en échange de racontars sur Rose.

« C'est sérieux, dit Harry. J'aurais dû lire les journaux populaires au lieu de me cantonner au *Times*. Je crains que lady Rose ne doive rester confinée jusqu'à ce que nous ayons la certitude qu'elle n'est plus en danger. »

On fit chercher Rose. Daisy venait de lui parler de la lettre et elle pâlit quand elle comprit que Harry prenait la menace au sérieux.

« Ce n'est peut-être que l'œuvre d'un aliéné, avança Harry d'un ton apaisant, mais autant être prudent. »

Rose et Daisy durent donc renoncer à sortir. Rose passait le temps en lisant, mais Daisy mourait d'ennui et répétait à l'envi qu'elle ne comprenait pas pourquoi l'interdiction de quitter la maison la concernait également.

Au bout de deux semaines, par une journée ensoleillée, Rose sentit à son tour qu'elle ne supportait plus d'être enfermée dans cette cage dorée.

Par la fenêtre, elle guignait la place devant la maison. « Si seulement nous pouvions nous promener, se plaignit-elle.

– On pourrait tenter le coup, s'empressa de répondre Daisy. Lord et lady Hadfield passent la fin de la semaine à Stacey Court.

– Ils auraient pu me prévenir. Pourquoi sont-ils partis à la campagne ?

– Ils doivent régler un conflit de voisinage.

– Je trouve que mes parents sont bizarres. Ils auraient pu m'en parler hier au dîner.

– Ils craignaient peut-être que vous profitiez de leur absence pour prendre la poudre d'escampette.

– Brum nous en empêcherait de toute façon. Sans compter Turner. »

Turner était la nouvelle femme de chambre de lady Rose.

« Je vais leur expliquer que vous avez mal à la tête et que vous voulez qu'on vous laisse en paix ! s'exclama Daisy. Ensuite, nous attendrons qu'ils soient en train de déjeuner pour nous éclipser. Monsieur et Madame étant absents, ils nous surveilleront de moins près. Ils sont sur le point de se mettre à table. Attendez-moi ici, je vais dire à Turner que vous n'aurez plus besoin d'elle aujourd'hui et qu'elle peut se joindre aux autres à l'office. »

Rose attendit avec impatience le retour de Daisy. Celle-ci revint au bout de quelques minutes seulement. « Enfilons nos vêtements les plus quelconques, dit la dame de compagnie. Il faut éviter d'attirer l'attention, les journalistes font le pied de grue devant la maison. »

Elles se changèrent en vitesse, Rose choisissant une jupe droite, un corsage et une veste rayés, le tout agrémenté d'un canotier, et Daisy un corsage, une jupe et une veste, et l'un des vieux chapeaux de paille garnis de fleurs que Rose lui avait donnés.

Elles descendirent l'escalier à pas de loup, se glissèrent dehors par la porte de devant et filèrent en hâte le long de la place, agrippées l'une à l'autre, gloussant sottement, enivrées de soleil et de liberté.

« Où allons-nous maintenant ? haleta Rose.

– Flâner dans les boutiques et essayer des chapeaux, répondit Daisy, ravie qu'elle et Rose semblent de nouveau amies, plutôt que maîtresse et domestique.

En milieu d'après-midi, la faim se fit sentir et elles se rendirent au salon de thé de Fortnum & Mason, à Piccadilly.

William Fortnum, fondateur du célèbre magasin, était valet de pied de la maison royale sous le règne de la reine Anne. Son travail consistait à remplacer les bougies chaque soir, et il tirait une coquette somme de la revente des restes de cire. Il était également épicier.

Il réussit à persuader son propriétaire, Hugh Mason, de se lancer avec lui dans le commerce : Fortnum & Mason était né.

Daisy et Rose dégustèrent un aspic de saumon garni de crevettes et de homard, avant de passer aux choses sérieuses : les pâtisseries.

Elles bavardèrent gaiement de tout et de rien, puis abordèrent le sujet de la lettre de menace. « Je suis sûre que c'est l'œuvre d'un excentrique, dit Rose. Je ne suis absolument pas en danger. Nous devrions nous faufiler dans le bureau de papa et appeler le capitaine en douce. Il faut qu'il persuade mes parents de me laisser sortir. » Le rouge lui monta soudain aux joues, au souvenir de la sensation des lèvres de Harry sur son front.

Elle paya l'addition et elles sortirent dans Piccadilly, le moral en berne, conscientes qu'elles devaient rentrer.

« Haut les cœurs, s'exclama Daisy. Je suis sûre que nous pourrons bientôt aller et venir à notre guise. » Elle s'arrêta devant la boutique d'une modiste. « Eh bien, regardez-moi ce chapeau. Ils ont dû trucider toute une volière. Autant d'oiseaux empaillés, c'est indécent.

– Tiens, mon lacet est défait », remarqua Rose en se baissant.

Une détonation retentit. La vitrine de la boutique vola en éclats au moment même où Daisy empoignait Rose et la plaquait au sol. Les passants se mirent à hurler. Un homme cria : « Il a un revolver ! »

Rose et Daisy se relevèrent, chancelantes. Daisy épousseta d'une main tremblante les éclats de verre qui parsemaient sa robe. C'était le chaos. La modiste sortit de sa boutique en braillant qu'elles avaient cassé sa vitrine. D'autres disaient que l'on avait tiré un coup de feu. Pour finir, au grand soulagement de Rose, un agent de police se fraya un chemin jusqu'à elles, exigeant de savoir ce qui se passait.

« Je… je ne sais pas, balbutia Rose, au bord des larmes.

– On lui a tiré dessus, dit Daisy. Vous devriez être en train de chercher des témoins. Le tireur est déjà loin.

– On essaie de m'expliquer comment faire mon travail, jeune fille ? Votre nom !

– Je suis Miss Daisy Levine, dame de compagnie de lady Rose Summer. Et voici lady Rose Summer. »

D'autres policiers arrivèrent sur les lieux. Rose expliqua que, alors qu'elle se baissait pour nouer son lacet, une balle avait sifflé au-dessus de sa tête et brisé la vitrine. « Je suppose que c'est une balle, dit-elle, car j'ai entendu quelqu'un crier “Il a un revolver !”. »

Un inspecteur de police les rejoignit juste à

temps pour entendre les derniers mots de Rose. « Mêlez-vous à la foule, rugit-il, et mettez la main sur quiconque a vu ce type. »

Enfin, un homme âgé, de petite taille et à l'air grincheux, fut poussé jusqu'à l'inspecteur.

« Il y avait beaucoup de circulation, monsieur. Je l'ai remarqué à cause de sa drôle de couleur de cheveux, un roux bizarre. Il se tenait au milieu de la chaussée, derrière un cab, et je me demandais pourquoi diable il ne traversait pas. Et puis quand la circulation s'est dégagée, il a sorti un revolver et il a tiré.

– Quel âge avait-il ? Comment était-il habillé ?

– Il était vêtu d'une longue pèlerine noire. Oh, et il avait un pince-nez. Pas de couvre-chef. »

Deux autres témoins furent amenés. Ils avaient vu l'homme aux cheveux roux et au manteau noir courir en direction de Green Park.

L'inspecteur aboya ses ordres. Le parc devait être fouillé sur-le-champ, ainsi que les rues alentour.

Kerridge s'entretenait avec Harry quand le téléphone posé sur son bureau sonna. L'inspecteur décrocha et Harry fut horrifié de l'entendre s'exclamer : « Lady Rose ! Un coup de feu ! J'arrive tout de suite.

– Elle est morte ? demanda Harry avec émotion. Je vous en prie, ne me dites pas qu'elle est morte.

– Non. Elle était à Piccadilly avec Miss Levine

et quelqu'un lui a tiré dessus juste au moment où elle se penchait pour faire ses lacets. C'est ce qui l'a sauvée. On la ramène chez ses parents. Nous ferions mieux de l'y rejoindre. »

Prévenus par un agent de police local de la tentative de meurtre sur leur fille, lord et lady Hadfield rentraient en urgence à Londres.

« Ça suffit, dit le comte. La seule chose à faire, c'est de la mettre en sûreté, à la campagne. Ce propre à rien de Cathcart n'a pas été fichu de la protéger.

– C'est la faute de Rose, maugréa la comtesse. Elle a fait la forte tête, comme d'habitude. Que fabriquaient les domestiques pendant ce temps-là ?

– Si Brum s'imagine qu'il va être augmenté après ça, il se met le doigt dans l'œil jusqu'au coude, fulmina son mari.

– Je ne ferais pas cela, à votre place, tempéra lady Polly avec gêne. Il pourrait parler à la presse. »

Rose commençait à se lasser de répéter les mêmes choses à Harry et à l'inspecteur divisionnaire. Matthew l'avait informée que ses parents étaient sur le chemin du retour et elle était sûre que désormais, rien ne pourrait les empêcher de l'envoyer aux Indes. L'inspecteur Judd montait la garde devant le salon, afin de s'assurer qu'aucun domestique n'écoute à la porte.

« Ce type portait probablement une perruque, fit Harry. Les cheveux, le pince-nez et la pèlerine, voilà ce dont les témoins se souviennent. Lady Rose, il serait judicieux que vous vous éloigniez de Londres pendant quelque temps, mais pas à Stacey Court. Vous n'y seriez pas à l'abri. Si seulement on pouvait vous mettre sous clef dans un poste de police.

– Attendez ! s'écria Kerridge, leur intimant le silence d'un geste de la main. J'ai une idée. »

Rose et Harry patientèrent pendant que l'inspecteur divisionnaire aux cheveux gris et aux sourcils broussailleux était plongé dans ses pensées. « J'ai gardé contact avec le policier local de Drifton, un village situé près de Scarborough, dans le Yorkshire. Je l'ai rencontré au cours d'une enquête. C'est un brave homme et sa famille est charmante. Drifton est une jolie bourgade qui reçoit peu de visiteurs. Et si lady Rose et Miss Levine logeaient chez lui un moment ? Mon collègue sera sans doute ravi d'arrondir ses fins de mois.

– Mes parents ne seront jamais d'accord, rétorqua sèchement Rose. De plus, je n'ai aucune envie de vivre chez un garde champêtre du fin fond du Yorkshire. »

Il y eut du remue-ménage au rez-de-chaussée. Le comte et la comtesse étaient arrivés. « Où est-elle ? hurla le comte. Et chassez ces maudits gazetiers du pas de ma porte. »

En entrant dans le salon, il se débarrassa d'un coup d'épaule de son manteau en peau de phoque, qui tomba par terre. Un valet de pied le ramassa et le confia au valet de chambre du comte.

Kerridge trouva étrange que lady Polly n'embrasse pas sa fille. La comtesse se contenta de s'asseoir, d'ôter ses épingles à chapeau et de les tendre à sa bonne, avant de sermonner Rose pour avoir osé quitter la maison.

« J'ai une idée, madame », dit Kerridge. Il leur parla alors de son ami policier dans le Yorkshire.

Le comte et la comtesse le dévisagèrent sans un mot. Rose attendait que ses parents assènent à l'inspecteur que sa proposition n'était qu'un tissu d'âneries.

Au lieu de quoi, elle fut consternée d'entendre sa mère demander lentement : « Combien de temps lady Rose serait-elle absente ?

– Plusieurs mois, je le crains. Donnez-nous une chance d'attraper ce scélérat. »

Les parents de Rose retombèrent dans le silence. Lady Polly songea aux mois où elle n'aurait pas à se ronger les sangs pour sa tête de mule de fille. Elle et son mari appréciaient les mondanités, mais récemment, ils avaient eu peu de plaisir à sortir en société, car les curieuses fiançailles de Rose les tracassaient.

Quant au comte, il jugeait que passer quelques mois loin de Cathcart ferait peut-être changer Rose d'avis sur ces accordailles ridicules.

« Ce policier est-il respectable ? s'enquit-il.

– Oui, tout à fait, répondit Kerridge. Il va à l'église.

– A-t-il des enfants ?

– Cinq, dont certains sont petits.

– Le poste de police est-il suffisamment grand pour accueillir ma fille et Daisy ?

– C'est grand et c'est un vrai labyrinthe. Je suis sûr qu'il trouvera de la place. Je peux l'appeler tout de suite, si vous le souhaitez.

– Il a le téléphone ? s'étonna le comte, pour qui cet appareil magique était l'apanage des classes supérieures.

– Oui, monsieur.

– Pourquoi je ne peux pas aller chez tante Dizzy en Écosse ou chez tante Matilda à Douvres ? glapit Rose.

– Parce qu'il ne serait pas difficile pour le meurtrier de retrouver vos proches. Et je ne veux pas que vous soyez dans un endroit où des domestiques risquent de se montrer indiscrets. Voulez-vous que je téléphone à cet homme ? Il s'appelle Bert Shufflebottom. »

Daisy gloussa. « En voilà un nom !

– Laissez-moi vous dire, ma fille, que Shufflebottom est un bon vieux nom typique du Yorkshire. »

Le comte prit sa décision. Il sonna. « Allez me chercher Mr Jarvis. » Quand le secrétaire entra, il lui ordonna de conduire l'inspecteur au téléphone.

Rose espérait que l'agent de police refuserait.

Comment pourrait-elle aider Harry à enquêter si elle se retrouvait exilée dans un trou perdu du Yorkshire ?

Kerridge revint rapidement. « Il est ravi. Je suppose, monsieur, que vous lui verserez un dédommagement pour la pension de votre fille et de sa dame de compagnie ?

– Oui, oui, Matthew y pourvoira.

– Je suis d'avis, intervint Harry, que lady Rose et Miss Levine n'emportent que quelques vêtements simples. Il faut également qu'elles empruntent les transports en commun. Je suggère une escorte de police discrète jusqu'à la gare. Elles prendront le train de nuit pour York puis la ligne qui assure la correspondance pour Scarborough le lendemain matin. Quelle est la gare la plus proche de Drifton ?

– Un bourg du nom de Plomley.

– Bien, elles descendront à Plomley et Kerridge donnera pour instruction à ce Shufflebottom de les y retrouver. Aucun des domestiques ne doit être au courant. Dites-leur qu'elles partent pour Stacey Court. Mr Jarvis est digne de confiance ?

– Oui, répondit le comte. C'est à peu près le seul.

– Alors qu'il consulte les horaires et s'occupe de prendre les billets. Shufflebottom devra raconter aux gens du cru que lady Rose et Miss Levine sont des cousines éloignées issues d'une branche de la famille qui était riche, mais qui traverse une période de vaches maigres.

– Je ne veux pas aller dans le Yorkshire », protesta Rose d'une voix grêle.

Le comte se fâcha : « Tu feras ce qu'on te dit de faire, ma fille, un point c'est tout. »

3

> « Il n'est rien de plus divin en ce monde
> Qu'une femme charmante dans un coin de campagne. »
>
> James Henry Leigh Hunt

Rose ne s'était pas privée de clamer sa répugnance à se retrouver claquemurée chez un policier au fin fond de la campagne. Pourtant, elle ressentit un certain enthousiasme quand on les fit discrètement grimper sur une échelle placée contre le mur du jardin pour gagner les écuries où un cab fermé les attendait.

On les conduisit à la gare de Paddington pour attraper le train de la North Eastern Railway qui partait à minuit. Elles avaient des billets de première classe pour York, mais on leur avait suggéré de voyager en deuxième jusqu'à Plomley, situé sur la ligne de Scarborough.

Sur le quai de la gare, Daisy ne cessait de regarder nerveusement par-dessus son épaule, croyant voir un assassin derrière chaque pilier. Des volutes de fumée s'élevaient des locomotives à vapeur jusqu'aux hautes arches de fer forgé qui soutenaient la verrière conçue par Isambard Kingdom Brunel.

Un porteur monta leurs bagages à bord. Aucun valet de pied n'avait été autorisé à les accompagner. Les domestiques seraient avertis dans la matinée que Rose et Daisy étaient parties pour Stacey Court pendant la nuit.

Elles eurent le luxe de voyager en wagon-lit, invention de Mr George Pullman. Les voitures Pullman étaient devenues à la mode lorsqu'une de ces voitures fut utilisée pour le train funéraire qui transportait le corps d'Abraham Lincoln. À sa mort, en 1897, Pullman était tellement haï de ses employés que ses héritiers, craignant que son corps ne soit dérobé, firent envelopper son cercueil de papier goudronné et le firent sceller au centre d'un énorme bloc de béton renforcé de rails de chemin de fer solidement boulonnés. Ce qui fit dire à Ambrose Bierce, écrivain et journaliste américain : « À l'évidence, la famille endeuillée s'est assurée que ce saligaud ne risque pas de sortir de sa tombe. »

Rose commençait à se dire que la vie n'était pas si affreuse que cela, après tout. C'était palpitant de sentir les roues vibrer bruyamment. Daisy, elle, se sentait arrachée à Londres et les roues psalmodiaient un triste refrain à ses oreilles : « Un départ. Sans retour. Un départ. Sans retour. » Elle regarda par la fenêtre, mais ne distingua que son propre reflet tandis que la campagne défilait dans la nuit noire. La East Coast Line était en concurrence avec la West Coast Line, et l'imposante locomotive pouvait atteindre les cent soixante kilomètres à l'heure. Daisy eut un frisson. Elles pénétraient à toute vapeur en territoire inconnu : le Yorkshire.

À sept heures le matin suivant, elles descendirent du train d'un pas incertain, encore à demi assoupies, à la station de York. Elles étaient arrivées avec une heure d'avance, mais les passagers de première classe étaient autorisés à rester dans leur voiture pour le petit déjeuner.

Rose donna l'ordre à un porteur de transférer leurs bagages dans le train de Scarborough. Daisy suivit docilement, se sentant une fois de plus rabaissée au rang de domestique. Elle ignorait que le comportement autoritaire de Rose traduisait sa fébrilité. Que se passerait-il si l'assassin présumé les avait suivies et attendait son heure ?

Dans leur compartiment de deuxième classe, qui sentait le renfermé, elles furent bousculées par une femme corpulente flanquée de quatre enfants ensommeillés à l'air fâché qui n'arrêtaient pas de pleurer et de gémir. Leur mère semblait indifférente à leurs plaintes.

Rose se tracassait et ne tenait pas en place, sentant les débuts d'un mal de tête, et fut bien contente quand Daisy hurla tout à coup : « Vous allez la boucler, bon sang de bois ! »

Les enfants la fixèrent, sidérés, et par bonheur, se turent.

Le train fit halte de gare en gare jusqu'à Plomley, où il s'arrêta dans un grand sifflement pareil à un soupir de géant.

Quand elles quittèrent le compartiment, la mère de famille poussa Daisy, lui enfonçant son parapluie dans le dos. « Attendez d'avoir des mioches, et vous verrez », aboya-t-elle.

Daisy fit volte-face. « Si j'avais des mômes comme les vôtres, je les noierais ! »

Parbleu, ça ne peut pas être elles, pensa l'agent Shufflebottom en entendant la remarque de Daisy. On m'a dit de chercher deux ladies d'une délicatesse exquise.

C'est alors que Rose fit son apparition et balaya les alentours du regard. Elle aperçut le policier en uniforme et s'approcha de lui.

« Mr Shufflebottom ?

– Tout à fait, madame. Vous avez fait bon voyage ?

– Oui, merci. Vous le savez sans doute, je suis Rose Summer et voici Miss Daisy Levine.

– Ce sont vos bagages ? s'enquit nerveusement le policier en avisant une pile de valises et de boîtes à chapeau.

– Nous nous sommes résignées à voyager léger afin de ne pas attirer l'attention », dit Rose.

Bert Shufflebottom fit signe à un porteur d'un certain âge. « Chargez les bagages de ces dames sur la carriole, Harry. »

La pensée d'un autre Harry traversa furtivement l'esprit de Rose. Lui manquait-elle ? Que faisait-il en ce moment ?

La matinée était fraîche et sur le quai, des plaques de gel subsistaient dans les zones d'ombre.

Ils grimpèrent tous trois dans la carriole qui attendait devant la gare. D'un claquement de langue, Bert mit le petit cheval en route.

« Nous n'avons pas tant de place que ça, mesdemoiselles, dit le policier. Je vous suggère de sélectionner les vêtements dont vous avez vraiment besoin – nous menons une vie simple – et nous entreposerons le reste dans les anciennes écuries, à l'arrière du cottage.

– Vous ne logez pas au poste de police ?

– Je dispose d'un coquet petit cottage juste à côté.

– Quel âge ont vos enfants ?

– Alfred, l'aîné – il termine l'école cette année –, a quinze ans. Lizzie, quatorze ans, Geraldine, treize et Maisie, neuf. Et enfin le bébé, Frankie, a neuf mois. Frankie… eh bien, Frankie est une surprise, mais on ne s'en plaint pas.

– Nous ferons de notre mieux pour déranger le moins possible Mrs Shufflebottom.

– Oh, rien ne dérange jamais ma Sally. Elle a

hâte d'avoir un peu de compagnie féminine adulte, ça je peux vous le dire ! »

Tout cela est au-dessus de mes forces, songea Rose.

Ils gardèrent le silence jusqu'à ce que, au bout de quelques kilomètres, Bert indique une direction avec son fouet : « Voilà Drifton, dans la vallée. »

Rose regarda en contrebas de la route, vers un petit groupe de maisons blotties au bord d'une rivière.

« Et là, c'est la rivière Drif. On y pêche de belles truites. Alfred aime taquiner le poisson après l'école, avec un peu de chance, nous en aurons pour le thé[1]. J'aime ça, un bon morceau de truite. »

Rose s'attendait à ce que Sally Shufflebottom soit une espèce de fermière aux joues rouges, mais la femme qui les attendait sur le chemin menant au cottage voisin du poste de police était grande et mince, avec une bouche sévère et des cheveux gris ramenés en chignon.

Elle s'approcha pour les saluer. « Je m'appelle Sally, fit-elle. On m'a demandé de vous appeler par vos prénoms, afin de ne pas attirer l'attention. Oh là là, regardez-moi tous ces bagages !

– Je leur ai conseillé de choisir quelques affaires et de mettre le reste dans l'écurie, dit Bert. Ça n'ira pas si vous avez l'air trop raffinées. »

---

1. Désigne le repas du soir dans les classes populaires (*Toutes les notes sont de la traductrice*).

Le cottage était un labyrinthe de petites pièces. La cuisine, qui faisait également office de salle de séjour, était dotée d'un grand fourneau noir, sur lequel mijotaient deux casseroles. Elle était également meublée d'un sofa en crin de cheval, d'une longue table entourée de chaises droites et de deux fauteuils, placés de chaque côté du fourneau. Le sol était recouvert d'un linoléum vert lustré agrémenté de deux tapis au crochet.

« Je vais vous montrer votre chambre », dit Sally. Elle les mena le long d'un passage dallé de pierre et ouvrit une porte. La pièce contenait un lit à deux places couvert d'une courtepointe en patchwork, une commode et un meuble de toilette à dessus de marbre sur lequel étaient posés une cuvette et un broc à eau. Sur une petite table près du lit se trouvait une cruche bleue contenant des fleurs sauvages.

Habituée à la pauvreté, Daisy se rendit compte que Sally s'était donné beaucoup de mal. La courtepointe était neuve et la chambre était propre et avait été aérée.

« Merci, dit-elle tandis que Rose jetait autour d'elle des regards aussi effarés que si elle visitait une cellule de prison. Nous allons choisir quelques vêtements et porterons le reste aux écuries.

– Je voudrais prendre un bain, lâcha Rose avec hauteur.

– Le jour du bain, c'est le vendredi, quand on fait chauffer la lessiveuse dans la buanderie. » La lessiveuse était un grand récipient posé sur un foyer, dans lequel on faisait bouillir le linge.

Daisy lança un regard d'avertissement à Rose. « J'entends la rivière couler derrière la maison. Nous avons nos costumes de bain. Ça fera l'affaire.

– Je vous laisse. Le dîner sera bientôt servi.

– Le dîner ? gémit Rose quand Sally eut quitté la pièce.

– C'est comme ça qu'ils appellent le repas du milieu de journée. » Daisy sortit un trousseau de clés et ouvrit les valises. « Je vais commencer par sortir nos costumes de bain. »

L'eau de la rivière était si froide qu'elles se contentèrent de piquer une tête et se dépêchèrent de regagner la maison. De grandes serviettes rêches avaient été étalées sur le lit. Elles se frictionnèrent vigoureusement. Rose avait trop froid pour avoir honte de se montrer nue devant Daisy.

Elles enfilèrent d'austères robes en laine et finissaient juste de s'habiller quand elles entendirent Sally crier : « À table ! »

La famille Shufflebottom était attablée dans la cuisine. Les filles dévisagèrent Rose et Daisy avec des yeux écarquillés.

« Prenez place à côté de Bert », leur enjoignit Sally.

Bert récita les grâces et le dîner put commencer. Il se composait d'un bouillon de mouton, suivi d'un ragoût d'agneau puis d'un crumble aux pommes. Rose se rendit compte qu'elle avait une faim de loup et fut forcée d'admettre que les plats étaient délicieux.

Lizzie fut la première à trouver le courage d'ouvrir la bouche. « Maman dit que vous êtes allées nager. » Elle contemplait avec admiration la beauté élégante de Rose.

« Prendre le train est très salissant, souligna Rose. Et votre mère nous a expliqué que le jour du bain était le vendredi.

– Vous auriez pu attendre jusque-là, répondit Lizzie. Maman vous aurait donné la première eau. »

Maisie intervint : « Quand c'est mon tour, l'eau est sacrément sale. »

Rose réprima un frisson et espéra que la rivière ne tarderait pas à se réchauffer.

« Je suis sûre que cela ne vous dérangerait pas que nous préparions notre bain nous-mêmes, dit Daisy, si nous trouvons du bois et que nous nous occupons d'allumer le feu sous la lessiveuse.

– Si vous êtes prêtes à faire ça, ma fille, dit Sally, alors je n'y vois pas d'objection. »

Il faut que j'appelle le capitaine Cathcart, pensa Rose. Il doit nous laisser rentrer à Londres. « Puis-je utiliser le téléphone du poste de police ? demanda-t-elle à Bert.

– Je suis désolé, répondit celui-ci. L'inspecteur Kerridge a précisé qu'il ne devait plus y avoir d'appels téléphoniques vous concernant passés d'ici, au cas où une opératrice écouterait. »

Après le repas, une fois les enfants repartis pour l'école, Sally invita Rose et Daisy à aller s'étendre un moment pour se reposer.

« Ce n'est pas si mal que ça, remarqua Daisy, allongée sur le lit à côté de Rose. Ce sont de braves gens.

– Je vais devenir folle ici, répliqua Rose d'un ton sec. Les paysans ne m'amusent guère.

– Fichue snob ! » s'insurgea Daisy.

Rose se pelotonna de son côté du lit. « Je vais dormir. Et j'espère qu'à mon réveil, ce cauchemar sera terminé. »

« Comment se porte lady Rose à votre avis ? demanda Kerridge à Harry.

– Elle pense probablement souffrir le martyre et m'en tient pour responsable. Lady Rose aime afficher des opinions progressistes et se croit proche des petites gens. Tant qu'elle n'en croise pas en tout cas.

– Alors ce séjour lui fera le plus grand bien, fit Kerridge. L'enquête est au point mort, à part un détail qui n'en est peut-être pas un.

– De quoi s'agit-il ?

– L'honorable Cyril Banks a demandé sa main à Dolly, mais elle a décliné l'offre.

– Ce triste sire a bien mauvaise réputation, dit Harry. Le bruit court qu'il s'adonnerait au jeu et à la boisson. À coup sûr, ce sont les parents de

Dolly qui lui ont demandé de refuser. Il n'a pas un sou en poche.

– Peu importe, je l'interrogerai quand même.

– Ça vous ennuierait que je me joigne à vous ? demanda Harry.

– Pas du tout. Mais ça me vaudra une leçon de morale de Judd sur le fait d'autoriser un amateur à participer à une enquête de Scotland Yard.

– Et l'arme du crime ? s'enquit Harry.

– Nous avons la balle. Elle s'était logée dans le chapeau de la victime, au milieu des oiseaux empaillés. D'après notre expert, elle proviendrait d'un pistolet de poche, un calibre 6.35 franco-belge peut-être.

– Une arme de ce type est-elle déclarée dans vos registres ?

– Nous sommes en train de les éplucher. Allons voir ce que l'honorable Cyril a à dire pour sa défense. »

Sur les indications de son majordome, ils trouvèrent Cyril à son club, dans St. James's. L'acrimonieux détective Judd fut forcé d'admettre qu'emmener Harry présentait certains avantages, dans la mesure où jamais des policiers, si élevé soit leur grade, n'auraient été autorisés à franchir le seuil de la vénérable institution. Harry en étant membre, il fut envoyé à l'intérieur pour débusquer leur suspect.

Kerridge patienta dehors jusqu'à ce que Cyril

émerge enfin du club, protestant bruyamment qu'il en ferait évincer Harry. Sur quoi on le fit monter dans la voiture de police et ils se mirent en route pour Scotland Yard.

Dans le bureau de Kerridge, Cyril continuait bredi-breda de s'indigner. « Quel scandale ! M'arracher à mon club comme un vulgaire criminel. Le Home Office entendra parler de vous !

– Du calme, Mr Banks, dit Kerridge. Quelques questions et ensuite vous serez reconduit à votre club. Venons-en au fait. Nous pensons que vous avez demandé sa main à Miss Tremaine et qu'elle a refusé.

– Et alors ? » répondit Cyril.

Il saisit son monocle et se le vissa fermement sur l'œil, avant de jeter un regard furieux à Kerridge.

« Vous n'ignorez pas que nous enquêtons sur son meurtre.

– Je vois ! s'exclama Cyril. Vous essayez de me mettre cette histoire sur le dos ! Je m'en vais.

– Asseyez-vous, Mr Banks. Personne ne vous accuse de quoi que ce soit. À ce stade, nous voulons simplement vous poser quelques questions concernant Miss Tremaine. Vous a-t-elle confié qu'on la menaçait ?

– Eh bien, non. Elle ne faisait que parler de la campagne. Une vraie bécasse.

– Si vous la trouviez écervelée, pourquoi vouloir l'épouser ? »

Cyril fixa l'inspecteur divisionnaire comme s'il avait perdu la raison.

« C'était la plus belle femme que j'aie jamais vue. Quelle importance qu'elle soit idiote ?

– Comment avez-vous pris le fait qu'elle vous repousse ?

– Ce n'est pas elle qui m'a repoussé, mais ses parents. Je n'ai même pas eu la possibilité de me déclarer. J'ai demandé sa main à son père et il m'a répondu qu'elle était destinée à de plus grandes choses. J'ai rétorqué qu'elle ne pourrait pas viser plus haut que moi. Pour qui se prend-il ? Un vulgaire clergyman. Quel petit homme insignifiant.

– Avez-vous menacé Miss Tremaine ?

– Non. Après cela, j'ai dansé avec elle et lui ai expliqué que je voulais l'épouser, mais que son père refusait de m'accorder sa main. Elle a éclaté en sanglots. Au beau milieu d'une valse ! Sa mère est arrivée et l'a traînée hors de la salle. Quelle honte ! »

Pendant l'interrogatoire, Harry détailla Cyril des pieds à la tête. C'était un dandy des plus vaniteux, de la pointe de ses cheveux enduits de pommade à la graisse d'ours au bout de ses minuscules bottines en cuir verni. Il avait un visage rond et glabre, rasé de près chez le barbier, des yeux porcins et une petite bouche fielleuse. Assurément, un tel homme était capable de commettre un meurtre.

« A-t-elle évoqué des amis, des connaissances ?

– Non. Je peux partir maintenant ?

– Je vous suggère de rester à Londres pour l'instant. Si d'aventure vous aviez des affaires pressantes à régler à la campagne, vous devrez m'en avertir.

– C'est un comble ! s'insurgea Cyril, furieux. Je m'en vais. Le Premier ministre entendra parler de la façon dont vous m'avez traité et non, je ne retournerai pas au club dans votre maudite voiture à moteur. Je prendrai un cab. »

Le lendemain, Rose se réveilla tard. Il n'y avait aucun signe de sa dame de compagnie. Elle fit sa toilette, s'habilla et gagna la cuisine.

« Où est Daisy ? s'enquit-elle.

– Elle a très gentiment proposé d'emmener les enfants à l'école et elle a prévu de faire une promenade ensuite. Je vais vous préparer quelque chose pour le petit déjeuner, même s'ils vont bientôt tous rentrer pour le dîner. »

Rose se sentait mal à l'aise et eut honte de sa remarque sur les paysans. Et s'ils l'avaient entendue ?

Sally se pencha au-dessus des casseroles qui mijotaient. « C'est la foire de Plomley la semaine prochaine et les filles ont grand besoin de nouvelles robes. J'ai dû leur expliquer qu'on n'a pas l'argent pour en acheter tous les ans. »

Rose songea aux nombreuses toilettes qui reposaient dans ses valises à l'écurie. « J'ai beaucoup de vêtements dont je n'aurai pas besoin ici, dit-elle.

Je vais en sélectionner quelques-uns qui pourront être modifiés pour les filles. »

Sally fixa avec stupéfaction la jeune femme qu'elle avait prise pour une aristocrate glaciale. Rose sourit tout à coup. « Si j'avais de quoi m'occuper, le temps passerait plus vite. De cette manière, vos petites filles seront contentes et moi aussi.

– Eh bien, dans ce cas…

– J'y vais de ce pas », dit Rose.

Quand Daisy retourna chercher les enfants à l'école, elle avait fabriqué un lance-pierre pour Alfred avec une petite branche fourchue et une de ses jarretières, et acheté des bonbons pour les autres à la boutique du village. « Pas touche, les avait-elle avertis, vous ne les aurez qu'après le repas. »

Elle était encore furieuse que Rose se soit montrée si hautaine et arrogante. Daisy appréciait la liberté dont elle jouissait loin du système de classes rigide du beau monde londonien.

Lorsqu'ils arrivèrent dans la cuisine, un spectacle incroyable s'offrit à leurs yeux. Sur le sofa en crin de cheval étaient étalées des toilettes raffinées de mousseline, de soie et de satin.

« Ah, Daisy, lança Rose. J'étais justement en train d'expliquer à Sally que nous pourrions modifier certaines de mes robes pour que les petites en aient de nouvelles pour la foire. »

Les filles poussèrent des cris de joie. « Silence,

rugit leur père. Dites merci à Miss Rose et asseyez-vous à table.

– Nous devrons quand même porter nos tabliers ? s'enquit Geraldine.

– Bien sûr, répondit leur mère. Des gamines de votre âge sans tablier ? Ce ne serait pas convenable. »

Bert récita les grâces. Le repas se composait de boulettes de viande accompagnées d'une sauce épaisse, suivies d'une tarte à la rhubarbe.

« On va devenir énormes d'ici la fin de notre séjour ! » s'exclama Daisy, et tout le monde rit de bon cœur.

Rose mangeait avec appétit, appréciant les plats qui lui étaient servis. Les mets élaborés auxquels elle était habituée n'avaient jamais aiguisé son appétit comme le faisait la cuisine simple de Sally.

Une fois Daisy partie reconduire les enfants à l'école, Sally dit à Rose : « J'ai une machine à coudre dans le salon. »

La pièce était réservée aux grandes occasions et aux fêtes religieuses. La machine à coudre était installée sur une table près de la fenêtre. La cheminée, bourrée de journaux, était éteinte et il faisait froid. Une version plus neuve du sofa en crin de cheval de la cuisine occupait l'espace, ainsi que deux fauteuils tapissés de cuir noir. Sur le manteau de la cheminée se trouvait une horloge arrêtée sur douze heures dix et sur une table d'appoint, une chouette empaillée dans une vitrine. Contre le mur en face de la fenêtre se dressait un piano droit.

Sally vit que Rose l'avait remarqué. « Il ne sert jamais. Un jour, Bert a sauvé la vie de la vieille Mrs Carey et elle le lui a légué.

– Daisy et moi pourrions donner des leçons à vos enfants si vous le souhaitez », proposa Rose.

Sous des dehors sévères, Sally était timide et recevoir cette aristocrate et sa dame de compagnie l'avait rendue très nerveuse. Pour la première fois depuis leur arrivée, elle commençait à se sentir à l'aise. « Avec plaisir. J'ai des patrons pour chacune des filles. Ils ont servi à leur faire des robes l'année dernière, mais elles ont un peu grandi depuis.

– Je prendrai leurs mesures lorsqu'elles rentreront de l'école.

– Et vos somptueuses toilettes ? dit Sally, embarrassée. Vous n'en aurez pas besoin quand vous rentrerez à Londres ?

– J'en ferai faire d'autres », répondit Rose, donnant à Sally un aperçu de ce qu'était une vie d'abondance.

Matthew Jarvis envoyait chaque semaine une somme très généreuse pour l'entretien de Rose et de Daisy. Économe, Bert en déposait la quasi-totalité sur des comptes d'épargne pour l'avenir de ses enfants, ne gardant que ce qui était nécessaire pour que Sally prépare des repas copieux.

Ce soir-là, tandis que Rose prenait les mesures

des filles et les aidait à choisir le tissu, Daisy s'assit au piano et se mit à chanter.

Après sa ronde, Bert rentra chez lui en compagnie du Dr Linley, qui habitait un peu plus haut sur la route. Soudain, le médecin s'arrêta. « Écoutez ! » lâcha-t-il.

Deux voix s'élevaient du cottage du policier. Rose avait rejoint Daisy au piano.

« *Tu es mon chèvrefeuille, je suis ton abeille,*
J'aimerais goûter la douceur du miel
Sur ces lèvres rouges, quelles merveilles.
Tu m'es chère, ma chérie, et je
Voudrais que tu m'aimes…
Tu es mon miel, mon chèvrefeuille,
Et je suis ton abeille. »

« Ce sont les jeunes femmes que nous hébergeons, des cousines éloignées, expliqua Bert. On dirait qu'elles prennent leurs marques.

– Chut ! » l'interrompit le médecin.

Rose avait entamé « Juste un air au crépuscule ». Des villageois vinrent se joindre aux deux hommes. La douceur de la soirée annonçait l'été qui arrivait.

Un élégant landau s'approcha et fit halte. « Que se passe-t-il ? cria une voix autoritaire.

– Lady Blenkinsop, maugréa Bert. Puis, plus fort : Nous écoutons une de mes cousines pousser la chansonnette. »

Lady Blenkinsop tendit l'oreille à son tour. « Très bien, dit-elle enfin. Elles chanteront pour moi. Allez me les chercher. »

Qu'aurait pensé Kerridge de ce rebondissement ? se demanda Bert. Lady Blenkinsop, malgré ses grands airs et sa demeure grandiose, n'était rien de plus que la veuve d'un maître de forges qui avait acheté son titre. Elle n'allait jamais à Londres.

Les badauds attendirent que Rose et Daisy sortent. Il y eut quelques applaudissements polis.

« Venez ici ! » aboya lady Blenkinsop.

À la lumière des lanternes de l'attelage, Rose distingua une femme très menue, à l'air revêche, en tenue de deuil.

Daisy se prit soudain à regretter que Rose n'ait pas l'air un peu moins soignée, un peu plus *chiffonnée*. Même vêtue d'une jupe et d'un corsage blancs tout simples, elle était impeccable et elle arborait une coiffure à la mode.

Daisy fit la révérence, mais Rose resta droite comme un *i* et demanda sur un ton glacial : « Oui ?

– Oui, quoi, ma fille ? J'ai un titre.

– Que voulez-vous ? répliqua Rose.

– Je veux que vous et l'autre, vous veniez chanter pour moi demain après-midi.

– Je crains que nous n'ayons quelque chose de prévu, rétorqua Rose. Bonne soirée. Venez, Daisy. »

Sur quoi Rose tourna les talons et rentra à grands pas dans la maison.

« Le fouet, voilà ce qu'il faudrait à cette petite diablesse prétentieuse, fulmina lady Blenkinsop. Cocher, en route. »

Deux jours plus tard, Bert fut convoqué par le préfet de police à York. Lady Blenkinsop l'accusait d'avoir fait preuve d'insolence.

« Je vous accompagne, dit Rose.

– Ça ne ferait qu'envenimer les choses », grogna Bert.

Quand Sally rentra après avoir accompagné Bert à la gare, Rose voulut la rassurer : « Ne vous inquiétez pas. Si votre mari est renvoyé, mon père subviendra à vos besoins. »

La femme du policier fit volte-face. « Et vous pensez que ça résoudra le problème ? Mon Bert est fier de son travail. Vous n'êtes rien d'autre qu'une source d'ennuis. »

« Il faut que nous fassions quelque chose, chuchota Daisy. Si seulement nous pouvions appeler le capitaine.

– Très bonne idée, dit Rose. On nous a interdit de téléphoner ou d'écrire, mais je pourrais me faire passer pour sa cousine et lui parler avec une espèce de langage codé. Il faut agir vite. Impossible d'utiliser le téléphone du poste de police, l'opératrice risquerait de prévenir Bert. Je sais ! Allons à Plomley. Je dirai à Sally que nous sortons nous promener. Décidément cette façon d'appeler les gens par leur prénom est curieuse, mais selon Bert, cela nous donne l'air d'une famille. »

Elles se firent emmener à Plomley dans la charrette d'un paysan.

Dans le vieux kiosque téléphonique en bois, Rose donna le numéro de Harry à l'opératrice, introduisit dans la fente les pièces demandées et patienta.

Faites qu'il soit là, pria-t-elle en silence. S'il Vous plaît, faites qu'il soit là.

Ce fut Ailsa Bridge qui répondit. Rose expliqua qu'elle voulait parler au capitaine. « Qui le demande ? s'enquit la secrétaire.

– Sa cousine, Miss Shalott. »

Harry prit le combiné. « C'est votre cousine, Miss Shalott, se dépêcha d'annoncer Rose. Oncle Bert s'est encore mis dans le pétrin. Le préfet de police de York l'a convoqué ce matin. Il a dû faire la noce et casser des vitrines, une fois de plus. Et par-dessus le marché, une certaine lady Blenkinsop a déposé une réclamation contre lui. Elle prétend que je lui ai manqué de respect, tout ça parce qu'elle voulait que je vienne chanter chez elle, comme une vulgaire meneuse de revue. C'est ignoble. Aidez oncle Bert, je vous en prie.

– D'où appelez-vous ?

– D'un vieux kiosque en bois. Très pittoresque. Vous savez que maman ne me laisse pas utiliser le téléphone et puis, elle est d'avis que nous laissions oncle Bert se débrouiller.

– Je m'en occupe immédiatement. Tout va bien ?

– Très bien. Merci. »

Rose raccrocha. « Espérons qu'il arrive à joindre le préfet de police à temps. »

Assis devant la porte du bureau du préfet de police, Bert fixait piteusement ses bottines réglementaires dûment lustrées. Il était prêt à n'importe quoi pour ne pas perdre son travail. Mais Kerridge lui avait fait jurer de garder le secret.

Enfin, un agent sortit du bureau et lui intima d'entrer.

Son casque sous le bras, Bert s'exécuta.

Le préfet, sir Henry Taylor, était un homme bourru au visage rubicond. « Asseyez-vous, Shufflebottom, dit-il. Vous devez avoir soif après votre voyage. Du thé ? »

Bert écarquilla les yeux, trop surpris pour articuler un mot.

« Je sais, vous préféreriez sans doute une bière. Tretty, dit-il à l'agent, allez chercher une bière pour Mr Shufflebottom. Et une pour moi aussi. Allons droit au but, lady Blenkinsop a déposé une réclamation.

– Je… Je suis vraiment désolé, bégaya Bert. Ce qui s'est passé, monsieur…

– Peu importe. Cette vieille chouette est toujours en train de se plaindre. Ah, nos bières, juste ce qu'il nous fallait. Videz votre verre.

– Santé, monsieur. »

Bert leva sa chope d'une main tremblante.

« J'ai lu votre dossier. Il est très bon. Aucun scandale. Vous exercez votre devoir convenablement et avec discrétion. Sans compter que l'année dernière, vous avez sauvé une famille dont l'attelage s'était emballé à la foire de Plomley. La raison pour laquelle je vous ai fait venir, c'est que nous pensons qu'il est temps de vous donner une petite augmentation de salaire, en gage de notre reconnaissance.

– Oh, monsieur, je vous remercie. Et pour lady Blenkinsop ?

– Le lord lieutenant lui rend visite en ce moment même. Elle ne vous causera plus d'ennuis. »

Lady Blenkinsop fut d'abord enchantée de recevoir la visite du lord lieutenant, sir Percy Twisletone. Elle brûlait d'envie de frayer avec des aristocrates, mais la plupart d'entre eux la fuyaient comme la peste.

« Je n'irai pas par quatre chemins, dit sir Percy. Vous avez déposé plainte contre l'agent de police du village à cause du comportement de sa cousine.

– Bien sûr ! Quelle diablesse insolente ! Je lui ai fait l'honneur de l'inviter à chanter pour moi et elle a osé refuser !

– Miss Rose vient d'une lointaine branche aristocratique de la famille Shufflebottom qui se trouve dans une mauvaise passe.

– Difficile à croire que cet agent de police ait un quelconque lien avec l'aristocratie.

– Ils sont peut-être, comment dire, nés de la cuisse gauche, mais les membres de la famille royale… pardon, je manque de discrétion… certains écarts doivent être pardonnés. »

Lady Blenkinsop roulait des yeux ronds. « Vous voulez dire… ?

– Je ne veux rien dire du tout, coupa sir Percy d'un air grave. Je suis simplement venu vous conseiller de prendre garde aux personnes que vous insultez à l'avenir. Les nouvelles peuvent remonter dans les cercles les plus élevés.

– Oh là là, bredouilla lady Blenkinsop. Il faut que je lui présente mes excuses.

– Non, vous ne parlerez de cette affaire à personne et vous ne vous approcherez plus de ce policier. Nous avons des yeux et des oreilles partout et si vous ne tenez pas votre langue, je le saurai. »

Sally supportait difficilement d'adresser la parole à Rose ou à Daisy. Elle alla chercher les enfants à l'école elle-même et les emmena à la gare de Plomley dans la petite carriole. Ils se tenaient tous la main quand ils virent le train apparaître au détour du virage. Sally tenait bébé Frankie dans ses bras. Nous traverserons cette épreuve ensemble, pensa-t-elle.

Elle fut ébahie de voir Bert descendre du train un bouquet de roses à la main, un large sourire fendant son visage.

Elle courut à sa rencontre, secouant Frankie qui se mit à hurler.

Bert s'inclina et tendit les fleurs à sa femme. « J'ai eu une augmentation », annonça-t-il. Il fouilla dans sa poche et en tira un sac en papier rempli de bonbons à l'anis qu'il distribua aux enfants. « On pourra même aller à Scarborough pour les vacances. »

Sally se mit à pleurer de soulagement. Quand elle recouvra sa voix, elle demanda : « Et lady Blenkinsop ?

– Le lord lieutenant s'en occupe. C'est grâce à Rose. Je sais que c'est grâce à elle. Elle n'a pas utilisé le téléphone, si ?

– Non, mais tout à l'heure, le Dr Linley les a vues dans la charrette du père Jones en direction de Plomley et elles sont revenues en cab. »

Quand ils arrivèrent au cottage, Rose était dans le salon, installée devant la machine à coudre. Elle sourit avec soulagement à la vue de toutes ces mines réjouies.

« Tout va bien ? » demanda-t-elle.

Sally se précipita vers elle et la serra dans ses bras. « Je ne sais pas comment vous avez fait, mais Bert a eu une augmentation et lady Blenkinsop ne nous fera plus de misères. Je vais préparer du thé. »

Les petites étaient si heureuses d'avoir de nouvelles robes et la famille si impatiente d'aller à la foire, que Rose décida de bien s'habiller pour l'occasion, ne pensant pas un instant qu'elle mettait ainsi sa vie en danger.

Rose avait donné à Sally un de ses plus beaux couvre-chefs, un chapeau de paille à large bord décoré de petites fleurs en soie jaune.

« Comme tu es jolie ! » dit Bert à sa femme, le visage rayonnant d'amour. Rose eut un pincement au cœur. Cette femme maigre au visage dur semblait belle au policier. Voilà ce qu'était l'amour véritable. Un homme la regarderait-il un jour de cette manière ?

La journée s'annonçait chaude et ensoleillée. Rose portait une toilette de dentelle blanche brodée de fleurs de myosotis bleues et un chapeau de paille couvert des mêmes fleurs. Elle avait jeté un fin châle de cachemire sur ses épaules et arborait une ombrelle de dentelle blanche. Daisy quant à elle portait une robe de soie verte et un petit chapeau vert posé de guingois sur ses cheveux bouclés.

La foire durait deux semaines. Ils avaient décidé de s'y rendre la deuxième semaine, car le marché aux chevaux qui se tenait la première semaine était l'occasion pour les gens du voyage d'organiser des courses dans la grand-rue et il y avait toujours des accidents.

Ils flânèrent entre les nombreux étals. Les enfants réclamèrent des *brandy snaps*, de petits roulés au gingembre fourrés à la crème fouettée, puis firent le tour des roulottes devant lesquelles des bohémiennes cousaient de jolies petites pelotes à épingles rembourrées de son de blé qu'elles vendraient à la foire.

Bert était de service, Sally resta donc à ses côtés, poussant le bébé dans un landau fabriqué à partir d'une caisse à oranges et d'un vieux jeu de roues.

Les enfants traînèrent Rose et Daisy jusqu'aux manèges à vapeur. Avec bonhomie, Rose aida Daisy à hisser le plus jeune sur un cheval de bois aux couleurs vives avant de grimper dessus à son tour. Comme c'était merveilleux de tournoyer au son de l'orgue de barbarie qui enchaînait les chansons de music-hall ! Le succès du moment disait : « Oh ! Oh ! Antonio est parti – il m'a laissée tomber, hé-ho, il m'a abandonnée, hé-ho, j'aimerais les voir, lui et sa nouvelle pépée, et alors bye bye Antonio – Antonio et sa charrette à glaces. »

Le Dr Linley s'arrêta pour les admirer. Passionné de photographie, il leva son appareil Kodak tout neuf juste au moment où le carrousel ralentissait pour s'immobiliser et prit un cliché de Rose juchée en amazone sur un cheval multicolore.

Le soir même, il développa ses photographies dans sa chambre noire. Il examina le cliché de Rose. Il était parfait. Elle agrippait son chapeau et un sourire se dessinait sur ses lèvres.

Un magazine pour photographes amateurs décernait chaque année un prix pour la meilleure image. Le lendemain, le Dr Linley posta sa photographie. Il l'avait intitulée : « Une journée à la foire ».

Le temps passait, l'été arriva et en juillet, Bert prit deux semaines de congé et ils partirent tous ensemble en villégiature à Scarborough, sur la côte du Yorkshire.

Daisy n'avait jamais vu Rose aussi heureuse. Elle emmenait les enfants se baigner et ne se plaignit pas une seule fois de la pension plutôt miteuse dans laquelle ils logeaient.

Le visage de Sally s'arrondissait, maintenant que, grâce à l'argent versé par la famille de Rose, ils avaient les moyens de manger correctement à chaque repas. De plus, Rose et Daisy l'aidaient à s'occuper des enfants, la soulageant d'un grand poids, et elle se sentait plus sereine. Pour la première fois depuis des années, elle et Bert pouvaient passer du temps en tête à tête.

À leur retour au village, ils rayonnaient de santé. Rose entreprit d'organiser un concert pour récolter de l'argent afin de réparer le toit de l'école. C'est Daisy qui devait tenir la vedette, mais Rose avait promis de chanter une chanson.

La salle communale était comble quand Rose, Daisy à ses côtés, s'avança sur la scène et se mit à entonner :

« *Au jardin, tout au long de la journée, les oiseaux chantent pour moi,*
Les fleurs sous le soleil, le vent et la rosée, tout me parle de toi ;

Toi qui me manques, que je désire, que je suis comme l'étoile,
À la fin d'une longue journée, tu reviens pour l'office du soir.
Avec ton retour, mon doux amour, tout ira bien, j'en ai l'espoir,
Chez nous n'est pas chez nous si tu n'es pas là, aucune joie ne se dévoile ;
Tu es dans mon cœur, dans mon âme, mon doux amour,
Quand tu rentres à mes côtés, à la tombée du jour. »

Rose chantait avec une profondeur de sentiment que Daisy ne lui avait jamais entendue auparavant. Elle pensa à Becket et se demanda si Rose pensait au capitaine.

Il y eut un tonnerre d'applaudissements.

Rose attrapa la main de Daisy et l'entraîna sur le devant de la scène. Elles saluèrent et, juste au moment où elles se penchaient, un coup de feu retentit.

La foule se mit à crier, Bert actionna son sifflet, Daisy traîna Rose, tremblante, loin de la scène. « Il est là ! Il nous a trouvées », murmura Rose.

4

« Pourquoi votre société serait-elle un ennui,
Puisque le premier plaisir de l'homme est
de vivre en compagnie ? »

Sir John Davies

Deux jours avaient passé depuis la tentative de meurtre sur lady Rose Summer. La police avait passé au peigne fin la campagne alentour, à la recherche de l'aspirant assassin. Les gares étaient sous surveillance. Bert avait réussi à obtenir une description de l'homme. Celui-ci était passé au pub du village, The Feathers, et avait montré au patron une photographie dans un magazine. Elle avait remporté un prix et l'article disait qu'elle avait été prise par un certain Dr Linley de Drifton, dans le Yorkshire.

« Je n'ai pas réfléchi, s'excusa le patron. Vous ne m'aviez pas prévenu qu'il ne fallait parler d'elle à personne. Alors j'ai dit au type qu'il s'agissait de

Rose et qu'elle logeait chez notre agent de police local. »

Il décrivit un homme de taille moyenne, trapu, avec une large face rougeaude ornée d'une moustache brune, et vêtu d'un costume sombre et d'un chapeau melon.

Kerridge avait fait la route jusqu'au village, flanqué de Harry et de l'inspecteur Judd. Cloîtrées au cottage, Rose et Daisy avaient interdiction de mettre le nez dehors.

Kerridge dit à Bert : « Ne vous rongez pas les sangs, Shufflebottom. Vous n'y êtes pour rien. Comment auriez-vous pu deviner que ce satané médecin la prendrait en photo ? D'après la description, l'homme est inconnu de nos services et il ne s'agit pas de l'honorable Cyril.

– Et le frère de Dolly, Jeremy ? » s'enquit Harry.

Kerridge secoua la tête. « Non, Jeremy Tremaine est grand et mince. Où voulez-vous en venir ? Vous pensez que la famille Tremaine pourrait vouloir tuer lady Rose ? Sornettes.

– Ça m'a effectivement traversé l'esprit, répondit Harry. Ce sont des intrigants mus par une ambition démesurée.

– Ce que je n'arrive pas à comprendre, reprit Kerridge, c'est pourquoi il est toujours après lady Rose. Je me répète, mais il doit bien se douter que si elle savait quoi que ce soit, elle l'aurait déjà dit à la police.

– Cyril peut avoir engagé quelqu'un, souligna

Harry. Il est possible qu'il tienne Rose pour responsable du refus qu'il a essuyé.

– Voyons, elle ne connaissait Dolly que depuis très peu de temps.

– Il l'ignorait peut-être, avança Harry. Et puis les journaux ont conjecturé que lady Rose gardait le silence par loyauté envers son amie. Comment le tireur s'est-il débrouillé pour s'enfuir d'une salle remplie de spectateurs ?

– Il s'était placé près de la porte latérale. Il a tiré et s'est évaporé à la faveur de la nuit. Tout le monde hurlait et courait dans tous les sens, cherchant à sortir. C'était le chaos. Personne ne l'a bien vu, tous les regards étaient braqués sur lady Rose et Daisy. Lady Rose ne peut pas rester ici. Qu'allons-nous faire d'elle ?

– Le comte et la comtesse séjournent à Biarritz, répondit le capitaine. Vous avez réussi à tenir la presse à l'écart ?

– Oui, grâce à des mesures drastiques, fit Kerridge.

– Je ne vois aucune raison de mettre ses parents au courant. » Ou cette pauvre lady Rose finira par être expédiée aux Indes, ajouta Harry *in petto*. « Avec un peu de chance, nous aurons résolu l'affaire avant leur retour. Lady Rose va rentrer à Londres. Ma tante Phyllis jouera les chaperons et je m'installerai chez le comte en personne.

– Messieurs, si vous voulez bien poursuivre cette discussion en dînant, coupa Bert. Ma Sally a fait manger les enfants et ils viennent de repartir pour l'école. Lady Rose prendra son repas avec vous et vous pourrez lui exposer votre plan. »

Harry fut décontenancé en voyant Rose penchée sur les casseroles qui mijotaient sur le fourneau, vêtue d'un long tablier blanc. Quant à Daisy, elle mettait la table avec Sally.

Rose se retourna quand ils entrèrent. « Asseyez-vous, je vous en prie, leur enjoignit-elle. Je suis sur le point de servir. »

Elle sortit un gigot d'agneau de l'un des fours, puis un plat de pommes de terre de l'autre. Elle mit les pommes de terre et les légumes dans une cocotte qu'elle plaça sur la table, puis le gigot d'agneau dans un grand plat qu'elle posa devant Harry. « Vous voulez bien découper, s'il vous plaît ? Je n'ai pas ce savoir-faire. »

Décidément, je ne comprendrai jamais les classes supérieures, songea Kerridge. Son fiancé, qu'elle n'a pas vu depuis un moment, se trouve juste devant elle, et elle le traite comme un inconnu.

Lorsqu'ils furent tous attablés devant une assiette bien servie de gigot, Rose demanda : « Comment votre enquête avance-t-elle ?

– À une allure d'escargot, répondit Kerridge. Bigre, cet agneau est délicieux. Vous ferez une bonne épouse pour le capitaine. Comment surmontez-vous le choc, lady Rose ?

– Je me débrouille », fit Rose avec raideur, se

rappelant comment, la veille au soir, elle avait pleuré dans les bras de Sally.

– J'ai le plaisir de vous annoncer que vous rentrez à Londres, annonça Kerridge. Il n'y a aucune raison d'inquiéter vos parents avec cette nouvelle. La tante du capitaine vous chaperonnera et le capitaine lui-même s'installera chez vous. »

Le visage de Daisy s'illumina. Vivre avec le capitaine signifiait vivre avec Becket.

« Nous ne pourrions pas rester ici ? s'enquit Rose. Cet homme ne reviendra sans doute pas à Drifton et il est plus aisé de surveiller l'arrivée d'inconnus dans un petit village qu'à Londres.

– Détrompez-vous, la campagne alentour recèle mille endroits où il pourrait être à l'affût, fit Kerridge. Je vais faire paraître une déclaration dans la presse disant que vous ne connaissiez Miss Tremaine que depuis très peu de temps et qu'elle ne vous a rien révélé sur qui que ce soit. Je ferai bien préciser que vous avez uniquement eu connaissance du billet expliquant qu'elle fuguait. Puis-je avoir encore un peu d'agneau ? »

Le lendemain, au bord des larmes, Rose fit ses adieux à Sally, Bert et aux enfants. Harry, qui attendait à côté de la berline devant les emmener à York pour prendre le train, remarqua la façon dont ses lèvres tremblaient et fut stupéfait que lady Rose, habituellement si hautaine, ait conçu une telle affection pour ces gens.

« Je reviendrai, c'est promis », dit Rose en serrant Sally dans ses bras.

Les enfants se mirent à sangloter. Daisy pleurait elle aussi, même si, contrairement à Rose, elle avait hâte de rentrer à Londres pour retrouver Becket.

Rose se mura dans le silence durant tout le trajet. Harry tenta à plusieurs reprises d'engager la conversation, mais elle ne répondit que par de tristes monosyllabes.

Quand le train approcha de la gare de Paddington, Rose demanda soudain au capitaine : « Parlez-moi de votre tante : qui est-elle ?

– Lady Phyllis Derwent, veuve de lord Derwent. Elle est très gentille.

– Nous sommes presque en août, fit remarquer Rose. Lady Phyllis n'aura pas besoin de beaucoup me chaperonner. Tout le monde est en Écosse, occupé à occire de pauvres bêtes.

– Eh bien ça vous laissera le temps de vous remettre de la terrible épreuve que vous venez de vivre. »

Tante Phyllis les attendait. C'est son majordome qui leur ouvrit la porte, Brum ayant suivi le comte et la comtesse à Biarritz. Contrairement à celui-ci, Dobson était petit et tout en rondeurs. Il avait un visage avenant empanaché d'imposants favoris et de petits yeux pétillants.

Ils le suivirent jusqu'au salon. Tante Phyllis vint à leur rencontre. C'était une femme svelte et languide, vêtue d'une toilette d'après-midi bleu-vert et parée de nombreux sautoirs de perles mêlés à des colliers composés de pendeloques de porcelaine enfilées sur du fil noir. Son long visage était abondamment maquillé. Ses yeux étaient d'un bleu pâle délavé sous des paupières ridées. La main qu'elle tendit à Rose était couverte de bagues.

« Bienvenue, dit-elle. J'espère que vous avez fait bon voyage.

– Oui, je vous remercie.

– Vous avez vécu une expérience révoltante. Je ne sais pas ce que Harry a dans la tête ! Vous reléguer chez des paysans !

– Ce ne sont pas des paysans. » Rose la fixa avec dureté. « Ce sont des gens charmants et respectables qui ne se donnent pas de grands airs. J'ai été heureuse chez eux.

– Comme c'est original. » Tante Phyllis se tourna vers Harry. « Rose doit-elle être confinée à l'intérieur ?

– Non. L'inspecteur Kerridge fait en ce moment même envoyer une déclaration à la presse expliquant qu'elle ne savait que très peu de choses sur Dolly Tremaine. »

Becket entra et Daisy regretta de ne pouvoir se jeter dans ses bras.

« Ah, Becket, dit Harry. Quelles nouvelles ?

– La famille Tremaine est repartie à la campagne depuis un moment. Le fils, Jeremy, étudie la théologie à Oxford.

– J'aimerais vraiment parler aux parents, maintenant que leur douleur s'est un peu atténuée, fit Harry. Où habitent-ils ?

– Le Dr Tremaine est recteur de l'église Saint-Paul, à Apton Magna, un village du Gloucestershire.

– Je vous accompagne, dit Rose.

– C'est inenvisageable, intervint tante Phyllis. Je vous l'interdis.

– Vous êtes ici chez moi, répliqua Rose avec froideur. Permettez-moi de vous faire remarquer que vous n'êtes pas en position d'interdire quoi que ce soit.

– Ma chère enfant ! Ne prenez pas la mouche. Je disais cela pour votre bien », tempéra Phyllis. Elle n'avait aucune envie de renoncer à un hébergement et des repas gratuits pour elle et ses domestiques.

« Il serait préférable que je sois avec ma fiancée chaque fois qu'elle s'aventurera à l'extérieur, souligna Harry. Ce serait peut-être une bonne idée qu'elle m'accompagne. »

Lord et lady Hadfield prenaient le soleil sur la terrasse du Grand Hôtel, à Biarritz. Le comte s'était assoupi, son journal sur le visage.

Sa femme le réveilla avec la pointe de son ombrelle.

« D'après Brum, vous avez reçu un télégramme ce matin. De quoi s'agissait-il ?

– Hein, quoi ? Oh, ça ? Juste Cathcart nous informant que Rose se porte comme un charme.

– Quel soulagement, soupira lady Polly en contemplant l'étendue bleue de l'océan. C'est si agréable de se voir épargner l'inquiétude qu'elle représente.

– J'aurais aimé avoir un fils, gémit le comte. Les garçons causent moins de souci.

– Oh, rendormez-vous au lieu de dire des sottises », aboya sa femme, repensant aux petites tombes qui se dressaient dans le cimetière de Stacey Court.

Ce n'était pas comme si elle n'avait pas essayé. Elle avait porté trois petits garçons, qui étaient morts à la naissance et avaient rejoint leurs sœurs dans la sépulture familiale. Seule Rose avait survécu. Rose, la forte tête.

Daisy était consternée. Le capitaine s'était ravisé et ne comptait plus loger chez le comte. Il était d'avis que cela occasionnerait trop de médisances, Rose et lui n'étant que fiancés.

Au moins, l'expédition dans le Gloucestershire lui donnerait l'occasion de retrouver Becket.

Le jour suivant, les deux jeunes femmes montèrent dans l'automobile de Harry vêtues de robes de voyage et lourdement voilées.

Le soleil brillait et une brise légère faisait flotter les bannes des boutiques et les stores des maisons. C'était comme si Londres avait hissé les voiles.

Harry conduisait, Rose à ses côtés. La jeune femme était impressionnée par la beauté du véhicule. Il s'agissait de la nouvelle Rolls-Royce Silver Ghost, née de l'alliance géniale et improbable de Charles Rolls, un aristocrate, et Frederick Royce, un ouvrier aux origines plus que modestes. La Silver Ghost semblait glisser sur la route, ne dépassant toutefois pas la vitesse autorisée de trente kilomètres à l'heure.

« Je constate que les affaires marchent très bien, observa Rose.

– C'est ma Rolls qui vous fait dire ça ?

– Oui.

– Les affaires sont excellentes, quoique d'un ennui sans nom. Les gens sont prêts à payer une fortune pour que j'étouffe un scandale ou même que je retrouve leur chien perdu. Mais j'ai précisé à ma secrétaire que je ne prendrais aucune affaire avant d'avoir résolu celle-ci. »

En route depuis l'aube, ils firent halte dans une auberge près d'Oxford pour le déjeuner. « Je me demande si Jeremy Tremaine se trouve à l'université en ce moment, dit Harry.

– C'est peu probable. Nous sommes en plein été. » Rose triturait le contenu de son assiette. Jamais elle n'aurait avoué qu'elle se sentait encore fébrile, s'attendant à voir surgir un assassin de chaque buisson. « Dans quel collège étudie-t-il ?

– St. Edwin.

– Je me demande si cette visite aux Tremaine

est vraiment nécessaire. Il est inconcevable qu'ils soient au courant de quoi que ce soit et ils n'admettront jamais que forcer leur fille à épouser lord Berrow l'a poussée à fuguer.

– Je ne suis pas de votre avis. Ils peuvent savoir quelque chose, dit Harry. Si vous avez fini de jouer avec votre nourriture, nous allons reprendre la route. »

L'inspecteur Judd fit irruption dans le bureau de Kerridge. « Un cadavre a été tiré de la Tamise, sous le pont de Westminster.

– Et alors ?

– Il n'était pas dans l'eau depuis longtemps et il ressemble trait pour trait à l'homme de Plomley. »

Le dessinateur de la police avait réalisé un croquis de l'homme qui avait tenté de tuer Rose à partir de la description du patron du pub de Plomley. Le portrait avait déjà été distribué à chaque poste de police de Grande-Bretagne.

Kerridge bondit de son siège et attrapa son chapeau melon. « Allons voir ça. »

Le corps reposait sous une couverture, sur l'embarcadère de Charing Cross. « Quelque chose dans ses poches ? interrogea Kerridge.

– Je n'ai pas osé regarder, monsieur, expliqua l'agent de police. Je l'ai reconnu grâce à l'affiche et j'ai donné instruction de vous prévenir. Je n'y ai pas touché depuis qu'il a été retiré du fleuve.

– Bon travail, mon garçon. Regardons ça de plus près. »

L'agent rabattit la couverture. « Effectivement, il n'a pas dû séjourner dans l'eau très longtemps, commenta Kerridge. Qui l'a découvert ? Où était-il exactement ?

– La marée était basse et deux enfants l'ont trouvé, à moitié dans l'eau.

– Le dessinateur a fait de la belle besogne. Voyons ce que nous pouvons trouver. »

Kerridge mit un genou à terre et vida les poches du cadavre. Elles contenaient une montre en or, un portefeuille renfermant une liasse de billets et une matraque. L'inspecteur fut ravi de mettre également la main sur un pistolet. « On dirait que c'est notre homme », annonça-t-il. Il retourna le corps avec l'aide de Judd. L'homme avait reçu un coup violent derrière la tête.

Kerridge se redressa. « C'est sans doute ce qui l'a tué. À mon avis il ne s'est pas noyé. Le médecin légiste nous le confirmera. Examinons ce portefeuille d'un peu plus près. »

Il en extirpa les billets trempés. « Au moins cinq cents livres en billets de cinq ! s'exclama-t-il. Rien que ça ! »

Il sortit également un cliché du mort posant sur une plage au côté d'une jolie femme. « Que le photographe de la police en fasse des copies et qu'on les envoie à tous les journaux. D'ailleurs où est-il passé celui-là ?

– Ici, monsieur », haleta le photographe qui arrivait en courant. Kerridge lui donna ses instructions et remit le corps sur le dos. « Quand nous saurons qui il est, nous saurons pourquoi il est mort », conclut-il.

Si, en chemin, ils avaient traversé de très jolis villages, Apton Magna était en revanche une bourgade lugubre frappée par la pauvreté. Elle se composait d'une longue enfilade de cottages occupés par des ouvriers agricoles. Conçus sur le modèle des maisons de mineurs, ils donnaient directement sur la route, sans jardinets sur le devant. À un bout du village se trouvaient l'épicerie et le pub, qui n'était rien de plus qu'une habitation ornée de la branche verte signalant la vente de bière. À l'autre bout se trouvait l'église, avec sa tour normande carrée.

Le presbytère était cependant une grande et belle demeure georgienne dotée d'un porche à colonnes.

Le Dr Tremaine sortit les accueillir. Aussi mince que sa femme était dodue, il portait une soutane noire et des chaussures à boucles. Il avait un visage anguleux, le menton en galoche et de petits yeux noisette qui les fixaient avec inquiétude.

« Que faites-vous ici ? interrogea-t-il tandis que Harry descendait de voiture.

– Lady Rose aimait beaucoup votre fille et se demandait si, avec le recul, quelque chose vous était revenu. Miss Tremaine avait-elle laissé échapper quoi que ce soit laissant à penser qu'elle avait peur de quelqu'un ?

– Non, elle n'a jamais rien dit de tel. Fichez le camp.

– Dr Tremaine, je ne comprends pas votre attitude. J'imagine que vous voulez savoir qui a tué votre fille.

– C'est le travail de la police et non celui d'un nobliau dilettante tel que vous.

– Par deux fois, on a attenté à la vie de ma fiancée, rétorqua Harry, sévère, et tout cela parce qu'un fou pense qu'elle détient des informations sur le meurtrier, ce qui, vous pouvez me croire, n'est absolument pas le cas.

– Respectez notre douleur, lui enjoignit le Dr Tremaine. Partez avant que ma femme ne vous voie. Elle est encore bouleversée et ses nerfs sont fragiles. »

À ce moment précis, Mrs Tremaine sortit de la maison d'un pas pesant. Avec sa silhouette ronde et le bonnet de coton qui couvrait ses cheveux châtain clair, elle ressemblait à la défunte reine Victoria. « Lady Rose ! s'exclama-t-elle. Comme c'est gentil à vous de nous rendre visite.

– Ils s'en vont, grogna son mari.

– Oh, vous ne pouvez pas partir sans avoir pris un rafraîchissement. Ne soyez pas si ours, mon cher. Je vous en prie, entrez, lady Rose. »

Sous le regard furieux du recteur, Rose et Harry entrèrent dans la maison. Daisy et Becket les auraient suivis si Mrs Tremaine n'avait pas lancé avec mépris : « Vos domestiques peuvent attendre dans l'auto. »

Elle les précéda dans un salon dont les nobles proportions étaient noyées sous un excès de meubles. Trois couches de rideaux, un voile de tulle, un rideau de lin et enfin une tenture de brocart masquaient les hautes fenêtres, assombrissant la pièce.

Mrs Tremaine sonna et demanda à la bonne qui se présenta d'apporter du thé.

« Ma pauvre Dolly était si honorée de l'amitié que vous lui accordiez, lady Rose. Elle a été fauchée dans la fleur de l'âge alors qu'elle était destinée à un grand avenir.

– Avez-vous la moindre idée de qui pourrait l'avoir tuée ? l'interrogea Harry.

– J'ai déjà répondu à cette question, intervint le Dr Tremaine.

– Il y avait bien quelqu'un, reprit Mrs Tremaine, en se tamponnant les yeux avec un mouchoir en dentelle, bien que Rose note l'absence de larmes.

– Qui ? la pressa-t-elle.

– L'honorable Cyril Banks. Il a demandé à Mr Tremaine la permission de présenter ses hommages à Dolly et s'est vu opposer un refus ferme et définitif. Il a hurlé : "Vous le regretterez. Je détruirai votre fille. Vous me le paierez." Ah, voilà le thé. »

Sur quoi Mrs Tremaine se ridiculisa en débitant les noms de toutes les personnes bien nées qu'elle avait croisées à Londres, ânonnant ce que telle duchesse lui avait dit et ce que telle comtesse lui avait confié. Rose pouvait presque entendre les noms dont son hôtesse faisait étalage crépiter comme la pluie sur des tasses en porcelaine.

Elle joua pourtant le jeu, flattant Mrs Tremaine et lui prêtant une oreille attentive. Puis, se levant pour prendre congé, elle lança : « Pourrais-je voir la chambre de ma chère amie ? Ma requête peut sembler étrange, certes, mais cela m'aiderait à lui dire adieu. »

Le recteur maugréa, mais Mrs Tremaine aurait été incapable de refuser quoi que ce soit à une personne titrée. « Suivez-moi, lady Rose. »

À l'étage, Rose s'arrêta sur le seuil de ce qui avait été la chambre de Dolly et en balaya l'intérieur du regard. La pièce, sinistre, était meublée d'un lit étroit, d'un bureau, d'une chaise et d'une armoire-penderie. Le manteau de la cheminée était orné d'une peinture à l'huile de piètre qualité qui figurait un Jésus blond aux yeux bleus laissant venir à lui des petits enfants à la physionomie remarquablement britannique. Le seul autre meuble était une table de chevet sur laquelle trônait une grosse bible.

« Miss Tremaine ne tenait pas de journal intime ? demanda Rose.

– Non, rien de ce genre.

– Je vous remercie, dit Rose.

– Me permettriez-vous de vous rendre visite

lorsque je serai à Londres ? s'enquit Mrs Tremaine avec empressement.

– Très certainement », répondit Rose, convaincue que l'ecclésiastique s'assurerait que sa femme ne mette pas sa menace à exécution.

Rose et Harry firent part à Daisy et Becket du peu qu'ils avaient appris. « Quand tout le monde sera de retour à Londres, je pourrai encourager Cyril à me faire la cour et peut-être découvrir quelque chose, suggéra Rose.

– Vous êtes ma fiancée, s'emporta Harry. Ce serait on ne peut plus déplacé.

– Balivernes », lâcha Rose.

Daisy et Becket échangèrent un regard. Leur espoir de voir Rose et Harry se marier s'amenuisait toujours un peu plus.

Le lendemain matin, Harry reçut un message de Kerridge l'informant des derniers développements de l'enquête.

Il se précipita à Scotland Yard.

« Qui est-ce ? » interrogea-t-il en entrant dans le bureau de Kerridge. Pendant tout le trajet, il avait prié pour qu'il s'agisse d'une connaissance de Dolly, qui, poussée par le remords, s'était suicidée, ce qui signifierait que Rose serait désormais en sécurité.

« Asseyez-vous, lui enjoignit Kerridge. Je viens d'interroger un gardien de la prison de Wormwood Scrubs. Il dit avoir reconnu le portrait de notre homme dans le journal. Le mort s'appelle Reg Bolton. Il s'est retrouvé derrière les barreaux pour avoir détroussé une dame de qualité dans le West End. Elle avait posé son réticule à côté d'elle sur une chaise dans un café. Il avait aussi un casier pour violences. Sa femme a été retrouvée morte, le crâne défoncé, mais plusieurs témoins lui ont fourni un alibi, alors il s'en est tiré. Reg avait cinq cents livres dans son portefeuille quand nous l'avons trouvé. Et, non, il ne s'est pas noyé. Il a été assassiné. »

Harry prit place en face de Kerridge. « On l'aurait engagé pour tuer lady Rose ?

– C'est ce que je crois, répondit l'inspecteur d'un air sombre. Cela va de mal en pis. Il avait un pistolet de poche. À coup sûr nous allons découvrir que c'est celui qui a été utilisé. Peste !

– Ce Reg a-t-il reçu des visites en prison ?

– Non, il n'y avait pas droit. Si sa femme avait encore été en vie, ou s'il avait eu des enfants, les autorités leur auraient permis de le voir, mais personne d'autre n'a eu ce privilège.

– Je pourrais m'entretenir avec le tour de vis ? »

Près d'un siècle plus tôt, en 1840, à la prison de Pentonville, on obligeait les prisonniers à tourner une manivelle sans autre but que d'actionner une roue à godets. Plus la punition était sévère, plus la vis était serrée, on surnomma donc les gardiens les tours de vis.

« Je vous rédige une recommandation. Il s'appelle Henry Barker. »

Laissant pour une fois à Becket le plaisir de prendre le volant de son nouveau bolide, Harry se fit conduire à la prison de Wormwood Scrubs. Il rencontra le directeur, lui donna la recommandation de Kerridge et Henry Barker fut convoqué.

« J'ai reçu l'autorisation de l'inspecteur divisionnaire Kerridge de vous interroger. Je suis le capitaine Cathcart.

– J'ai entendu parler de vous, répondit Barker. Vous êtes détective privé, c'est ça ?

– Tout à fait. Quel genre de personne était Reg Bolton ?

– C'était une vraie brute. Il terrorisait la plupart des détenus.

– A-t-il dit quoi que ce soit pouvant laisser supposer qu'il était à la solde de quelqu'un ?

– Les criminels endurcis aiment fanfaronner, capitaine. La veille de sa sortie, il souriait de toutes ses dents, un vrai mariole. "Plus qu'une journée", je lui dis. Il me répond : "Je remettrai jamais les pieds ici, pour sûr. – Bien, je lui dis. T'as décidé de rentrer dans le rang alors ?" Il a souri et il m'a répondu : "Je vais devenir quelqu'un. J'ai des relations. Un bon boulot qui m'attend."

– Qu'en avez-vous conclu ?

– La canaille reste la canaille. J'ai pensé qu'une

des crapules qui logent ici l'avait mis en relation avec une bande de truands.

– Était-il proche de quelqu'un en particulier ? »

Le gardien secoua la tête.

« Les autres détenus le détestaient, même les durs à cuire. C'était un vrai fumier. Je ne l'ai jamais vu parler à quelqu'un en particulier.

– Combien de temps a-t-il passé ici ?

– Deux ans.

– Et il n'a reçu aucune visite pendant tout ce temps ?

– Non, monsieur, pas une seule. »

Harry se tourna vers le directeur.

« Pourriez-vous me trouver son adresse ?

– Je vais demander à ma secrétaire de consulter les registres. Merci Barker, ce sera tout. »

Harry prit congé et se mit en route. L'adresse que le directeur de la prison lui avait donnée se trouvait dans le quartier de Bermondsey. Il se ravisa quand il constata que la Rolls attirait l'attention d'individus à la mine patibulaire groupés aux coins des rues. « Demi-tour, Becket, ordonna-t-il. Nous allons laisser l'auto dans un endroit sûr et prendre un cab. »

Ils revinrent un peu plus tard, demandèrent au cocher de les attendre et considérèrent un immeuble qui avait tout d'un taudis.

Ils pénétrèrent dans un couloir étroit, se faufilant entre des landaus cassés et des cartons avachis remplis de détritus. N'obtenant pas de réponse au rez-de-chaussée, ils montèrent l'escalier branlant. Il régnait une odeur infecte. Harry frappa à une porte sur le palier du premier étage.

Une souillon leur ouvrit.

« Avez-vous entendu parler d'un certain Reg Bolton ?

– Inconnu au bataillon. »

La porte se refermait déjà.

Harry glissa son pied dans l'entrebâillement. « Y a-t-il quelqu'un qui vit ici depuis plus longtemps que vous ?

– Essayez le vieux Phil, en haut, et virez vot' foutu pied d'ma foutue porte. »

Tenant son mouchoir devant son nez, Harry, suivi de Becket, gravit l'escalier. Il toqua à une porte, sans résultat. Tenta sa chance à côté. Des pas traînants se firent entendre, puis la porte s'ouvrit.

Harry se trouva devant un vieillard ou peut-être, songea-t-il dans un accès de compassion, devant un homme simplement usé par la pauvreté. La pièce derrière lui ne contenait rien d'autre qu'un sommier de fer.

« Vous êtes Phil ? s'enquit Harry.

– Tout juste, patron. Je vous inviterais bien à entrer, mais y a nulle part où s'asseoir. »

Le visage de Phil était couvert de croûtes et ses vêtements étaient en guenilles.

« Reg Bolton, ça vous dit quelque chose ?

– C'était il y a plus de deux ans. Un drôle d'oiseau, celui-là ! Il voulait pas payer ce qu'il fallait pour sortir bobonne de ce trou à rats. Elle lui a annoncé qu'elle le quittait, alors il l'a battue à mort. Il a convaincu un paquet de fripouilles de témoigner qu'il se trouvait ailleurs à ce moment-là. Une honte, c'est moi qui vous le dis.

– Connaissait-il des personnes haut placées ?

– Nan, rien que des gredins.

– Quel âge avez-vous ? demanda Harry.

– Cinquante-cinq ans ce mardi.

– Et comment avez-vous atterri ici ?

– Ma moitié m'a laissé tomber. Je l'adorais, mon Elsie. Je suis parti en miettes. J'étais menuisier, j'ai perdu ma pratique. J'ai atterri à l'asile et quand j'en suis sorti, j'étais cuit. Depuis, je m'contente de survivre. »

Harry ne pouvait imaginer de le laisser là. Une voix dans sa tête lui hurlait qu'il était entouré de centaines d'autres miséreux, qu'il ne pouvait rien pour Phil, mais il s'entendit proposer : « Venez avec moi. Je peux vous trouver du travail. Vous avez des affaires à emporter ?

– Rien d'autre que ce que vous avez sous les yeux.

– Alors allons-y. »

Phil les suivit docilement dans l'escalier de son pas traînant. Becket ouvrit la bouche pour protester puis se ravisa, se remémorant la façon dont Harry l'avait lui-même sauvé d'une vie de pauvreté après l'avoir vu tomber d'inanition, quand il travaillait comme portefaix au marché de Covent Garden.

Le cocher du cab refusa de laisser Phil monter, jusqu'à ce que Harry promette de payer un supplément.

« Comment vous appelez-vous ? demanda Harry.

– Phil Marshall.

– Eh bien Phil, d'abord, un bon décrassage et ensuite on vous trouvera des vêtements convenables.

– À quoi allez-vous l'employer ? interrogea Becket.

– Notre femme de charge nous quitte à la fin de la semaine. Vous pensez que vous seriez capable de vous acquitter de quelques tâches ménagères, Phil ?

– Je pense bien, patron. Quoique faut dire que je me sens un peu faiblard.

– De quand date votre dernier repas ?

– Voyons voir… mardi peut-être.

– Saperlotte, nous sommes vendredi. Becket, vous ferez venir le médecin dès notre arrivée. Il faudra qu'il traite ces croûtes. »

Phil avait l'impression d'être mort et d'être monté au paradis. Becket lui fit couler un bain chaud et lui sortit des sous-vêtements propres et un costume.

Puis le médecin l'examina. Les croûtes venaient de morsures de punaises de lit non soignées, aggravées par la malnutrition. Il conseilla de commencer par de légères collations.

Phil se vit attribuer une petite chambre en sous-sol et on lui demanda de se reposer le plus possible.

Après le départ de Becket, il s'étendit sur le lit et des larmes de gratitude inondèrent ses joues. Il jura qu'à compter de ce jour, il était prêt à donner sa vie pour le capitaine.

Harry passa voir Rose plus tard ce jour-là. Elle l'écouta avec inquiétude décrire le corps qui avait été repêché dans la Tamise et exposer ses craintes que Reg ait été engagé pour la tuer.

« Vous êtes en sécurité maintenant, lui assura-t-il. Kerridge a fait publier dans tous les journaux que vous avez déjà communiqué tout ce que vous saviez à la police.

– Donc je suppose que vous vous sentez libre de m'ignorer à nouveau.

– Au contraire, protesta Harry. Je vous ai négligée et je vous présente mes excuses. Cela étant, au mois d'août, les soirées mondaines sont inexistantes, tout le monde a quitté Londres. »

Rose se mordit la lèvre. « Je m'ennuie, dit-elle d'une petite voix.

– La semaine prochaine, s'il fait beau, je vous emmènerai faire une balade en auto. »

« Si seulement j'étais un homme, s'indigna Rose un peu plus tard auprès de Daisy. Le capitaine peut aller à Scotland Yard quand ça lui chante et participer à l'enquête, tandis que moi, tout ce que je peux faire, c'est moisir ici à lire les lettres obséquieuses que m'envoie l'épouvantable Mrs Tremaine. En quoi le fait qu'elle et son cher mari soient actuellement en villégiature à Cromer pourrait-il m'intéresser ? »

Daisy s'anima. « Moi, ça m'intéresse.

– Et pourquoi cela, je vous prie ?

– Ce pourrait être instructif de descendre à Apton Magna pendant leur absence et de poser des questions à droite et à gauche. Nous pourrions découvrir quelque chose.

– Excellente idée ! Trouvons un moyen d'aller là-bas.

– Pourquoi ne pas emprunter un des attelages de vos parents ?

– Ils portent tous les armoiries de papa. Cela donnerait lieu à commentaires. Nous ferions mieux d'aller en train jusqu'à la ville la plus proche puis de prendre un cab. Pas besoin de dire à tante Phyllis où nous allons. Sa seule préoccupation est de faire tourner en bourrique les domestiques et de manger comme un chancre. »

Elles prirent le train jusqu'à Oxford et changèrent pour une ligne locale à destination de Moreton-in-Marsh, où elles louèrent un cab pour se rendre à Apton Magna.

« C'est agréable de revenir à la campagne, soupira Rose. Quand tout cela sera derrière nous, je retournerai voir Bert et Sally.

– Et comment comptez-vous vous y prendre ?

s'enquit Daisy. Lorsque vos parents seront rentrés, ils ne vous laisseront certainement pas faire tout ce chemin pour rendre visite à un simple policier de village.

– Peut-être le capitaine pourra-t-il organiser quelque chose. Oh, regardez donc cet adorable cottage.

– Tout ce que je vois, moi, c'est la pompe qui se trouve devant pour tirer l'eau. Sans compter que le petit coin doit se trouver au fond du jardin. Je sens l'odeur de la fosse d'aisances d'ici.

– Vous n'avez pas une once de romantisme dans l'âme, la tança Rose.

– Non, mais j'ai été pauvre et c'est pas quéqu'chose qui s'oublie, répliqua Daisy.

– Ne dites pas "quéqu'chose", Daisy. »

Elles demandèrent au cocher de les attendre à l'entrée du village. Elles avaient pris la précaution d'enfiler des vêtements simples.

Une femme était assise devant un cottage, un bébé sur les genoux. « Je vous prie de m'excuser, lança Rose. Vous serait-il possible de nous donner des informations sur les Tremaine ? »

La femme se leva et disparut à l'intérieur, claquant la porte derrière elle.

Elles rencontrèrent aussi peu de succès auprès des voisins.

« Un villageois aisé serait peut-être plus loquace, suggéra Rose.

– Apparemment, il n'y en a pas, répondit Daisy. Nous avons oublié nos manières campagnardes. Nous sommes trop directes. Trouvons une personne avenante et posons-lui une question banale, où boire une tasse de thé par exemple, ensuite il nous suffira d'entamer la conversation en parlant du temps qu'il fait et de glisser une remarque sur le meurtre.

– Très bonne idée, dit Rose. Enfin, si nous réussissons à mettre la main sur une personne avenante.

– Je me souviens d'un cottage près de chez le recteur. Il avait l'air en meilleur état que les autres, avança Daisy. Dites, je me demandais, pourquoi on appelle le recteur "docteur" ?

– Parce qu'il est docteur en théologie. Vous vous souvenez de cet opéra de Gilbert et Sullivan ? "Un docteur en théologie/Qui habite près d'ici." »

Le cottage en question était une petite chaumière en pierre dorée des Costwolds, qui tranchait avec les maisonnettes en briques rouges des autres villageois.

Sur le devant, il y avait un jardin rempli de fleurs. Elles poussèrent la barrière et remontèrent l'allée. Rose toqua à la porte.

Une femme ouvrit. Elle semblait chiffonnée et délavée, comme si une sinistre blanchisseuse l'avait fait bouillir, passée à l'essoreuse et mise à sécher en plein soleil sans la repasser. Sa robe de mousseline quelconque était froissée et son visage, à la peau sèche et pelée, était sillonné de rides. Elle avait les yeux d'un gris si pâle qu'ils semblaient presque blancs et ses cheveux gris clairsemés étaient coiffés d'un bonnet de lin fripé.

« Nous explorons la campagne et nous nous demandons s'il y a un endroit à Apton Magna où nous pourrions prendre une collation ? lui demanda Rose.

– Oh, il vous faudra aller jusqu'à Moreton-in-Marsh. Ils préparent un excellent thé au White Hart Royal. Je me rappelle y avoir été emmenée par un bon ami lorsque j'étais jeune fille.

– Peut-être aimeriez-vous vous joindre à nous ? suggéra Rose. Notre cab nous attend à la sortie du village. Je suis lady Rose Summer et voici Miss Daisy Levine.

– Comme c'est gentil de votre part. Permettez-moi de me présenter : Miss Friendly. » Elle tira nerveusement sur sa robe. « Ma tenue n'est peut-être pas convenable.

– Sottises, dit Rose avec enthousiasme. Votre robe conviendra parfaitement.

– Je ne sais pas. Oh là là, une collation à l'heure du thé. Quel luxe ! »

Ses yeux pâles se posèrent avec mélancolie sur les deux jeunes femmes.

« Je vais chercher le cab, s'empressa de dire Daisy avant de partir en courant.

– Entrez, je vous en prie, proposa Miss Friendly. Le soleil tape fort. »

Rose la suivit dans un salon situé sur le devant

de la maisonnette. Il contenait très peu de meubles. Des rectangles clairs se détachaient sur le papier peint défraîchi, marquant les endroits où des tableaux étaient autrefois suspendus. Cette femme traverse une période de vaches maigres, pensa Rose avec compassion.

« Vous vivez seule ici, Miss Friendly ?

– Oui. Papa est mort il y a dix ans. Il était recteur de Saint-Paul avant le Dr Tremaine qui m'a gentiment autorisée à habiter ce cottage. »

Rose entendit le grondement des roues de l'attelage.

« Ah, voici notre cab. Si vous êtes prête, Miss Friendly ? »

Attablées devant une copieuse collation dans l'agréable pénombre du White Hart Royal, Rose ressentit à nouveau un profond élan de compassion en voyant Miss Friendly lutter pour ne pas se jeter sur la nourriture. Cette femme mourait manifestement de faim. Rose parla du temps qu'il faisait et de la beauté de la campagne, jusqu'à ce qu'elle constate que Miss Friendly commençait enfin à être rassasiée.

« Vous avez dû être très affectée par la nouvelle du meurtre de Miss Tremaine, avança-t-elle.

– Oh, quel choc. Quel choc terrible. Pauvre Dolly. Elle venait souvent me rendre visite. Une si jolie demoiselle. Mais une fille de la campagne. J'ai toujours pensé qu'elle aurait été heureuse mariée à un fermier, seulement ses parents avaient d'autres ambitions pour elle.

– Je l'ai rencontrée à Londres, dit Rose. Elle était très malheureuse.

– Bien sûr ! Lady Rose Summer ! J'ai vu votre nom dans les journaux. C'est vous qui l'avez trouvée. Quelle horreur. Oui, vraiment, c'est affreux. Elle devait se languir de... Oh, je ne devrais pas rapporter les commérages. Pauvre Dolly...

– Mon fiancé est détective privé, dit Rose. Il aide Scotland Yard à découvrir le meurtrier. Tout ce que vous pourrez m'apprendre les aidera grandement. De qui Dolly se languissait-elle ?

– Roger Dallow.

– Et qui est ce Roger Dallow ?

– Le fils du forgeron. Je crois que Dolly et lui étaient très épris l'un de l'autre.

– Est-il au village ? Puis-je lui parler ?

– Il a quitté Apton Magna juste après le départ de Dolly pour Londres.

– Où est-il allé ?

– Personne ne le sait. Son père est une brute. Je pense que c'est ce qui liait Roger et Dolly. Ils étaient tous les deux maltraités par leurs parents. Je suis désolée, je ne peux rien vous apprendre de plus. Je suppose que c'est pour cela que vous m'avez invitée à prendre le thé.

– J'aurais très bien pu vous poser ces questions chez vous, souligna Rose. Vous êtes dans la gêne, n'est-ce pas ? »

Pour la première fois, la couleur monta aux joues pâles de Miss Friendly. Elle baissa la tête. « Papa adorait chasser et c'est une activité onéreuse. À sa mort, j'ai dû vendre ses chevaux, mes bijoux, les tableaux et certains meubles pour rembourser ses dettes. L'église me fait payer un loyer dérisoire, mais j'ai presque atteint le point où je me demande si je vais pouvoir continuer à m'en acquitter. Pardonnez-moi. Une lady ne parle pas d'argent.

– Oh, nous, nous parlons de tout, la coupa Daisy. Faut pas vous en faire.

– Savez-vous coudre ? s'enquit Rose.

– Oui, je suis bonne couturière. Ne me jugez pas sur mes vêtements. Cela fait si longtemps que je n'ai plus les moyens de m'offrir du tissu... Pour finir... j'ai renoncé à me soucier de mon apparence.

– Notre femme de chambre, Turner, n'est pas très douée pour les travaux d'aiguille, mais c'est une créature aimable et je ne voudrais pas la perdre. » La principale raison pour laquelle Rose appréciait Turner était qu'elle s'abstenait de rapporter ses faits et gestes à lady Polly. « Peut-être pourriez-vous envisager de travailler pour moi ? Vous disposeriez d'une chambre confortable et de trois repas par jour, sans avoir à vous soucier du loyer. »

Miss Friendly fondit en larmes. Rose lui tendit un mouchoir et patienta.

« C'est un miracle, hoqueta-t-elle enfin.
– Alors retournons à votre cottage, vous préparerez votre malle et nous enverrons chercher le reste de vos affaires. Le secrétaire de mes parents préviendra l'église que vous donnez votre congé. »

Lady Rose aurait dû faire voyager Miss Friendly dans un compartiment de deuxième classe, comme c'était l'usage pour les domestiques, mais la pauvre femme était si frêle qu'elle lui avait acheté un billet de première. Repue, Miss Friendly s'endormit dès que le train se mit en branle.
« C'est rudement chic de votre part, dit Daisy.
– Je pense que lorsque ce meurtre sera résolu, je m'engagerai dans des œuvres de bienfaisance. Mes parents ne pourront s'y opposer. Faire la charité est très en vogue.
– On aura suffisamment de travail pour elle ? s'enquit Daisy. On achète tout le temps des vêtements neufs.
– Il y a beaucoup de choses à faire. Les uniformes des domestiques ont souvent besoin d'être modifiés. Les chapeaux doivent être rafraîchis. Je m'assurerai qu'elle ait de quoi s'occuper. »

En apprenant le recrutement de Miss Friendly, tante Phyllis commença à se plaindre, mais Rose la fit taire d'un coup d'œil impérieux et plein de mépris et lui asséna : « Vous n'avez aucun droit de regard sur les personnes que j'engage. »

Rose fut soulagée de constater que l'intendante au service de ses parents, Mrs Holt, fit pour sa part bon accueil à la nouvelle venue, prévoyant en son for intérieur de lui faire rafraîchir plusieurs de ses robes. Miss Friendly se vit attribuer une petite chambre au deuxième étage et on lui montra la salle de couture, située sous les combles.

Matthew Jarvis monta lui demander les coordonnées de la personne à contacter à Apton Magna et où envoyer chercher ses affaires. Miss Friendly fut stupéfaite d'apprendre qu'en plus, elle toucherait des gages.

Sur quoi l'intendante, suivant les instructions de Rose, lui remit deux rouleaux de tissu.

« Cadeau de lady Rose, si vous voulez vous confectionner quelques robes. »

Miss Friendly se mit à l'ouvrage dès le lendemain. La machine à coudre ronronnait sous ses doigts habiles. Elle s'arrêtait de temps à autre pour caresser le somptueux tissu. Tout en cousant, elle se creusait la tête à la recherche d'informations sur les Tremaine.

Avait-elle oublié quelque chose qui pourrait aider le fiancé de lady Rose à résoudre l'enquête ?

Harry passa voir Rose dans la soirée. Il écouta avec attention ce qu'elle lui apprit concernant le fils du forgeron. « J'en informerai Kerridge. Il peut avoir suivi les Tremaine à Londres. Je voudrais m'entretenir moi-même avec cette femme. J'irai à Apton Magna demain.

– Ce ne sera pas nécessaire. Je l'ai engagée comme couturière. Elle est ici.

– Comment cela ?

– Elle était si pauvre et si affamée. Sans compter qu'elle nous sera utile. »

Harry pensa à Phil, qu'il venait de secourir. Rose et lui étaient semblables au fond. Il eut soudain envie de lui proposer de prendre un nouveau départ, de lui dire que, peut-être, ils pourraient très bien s'entendre, mais Rose s'était déjà levée pour sonner un valet et lui ordonner d'aller chercher Miss Friendly.

Celle-ci entra et s'assit timidement au bord d'un fauteuil. « Je suis le capitaine Cathcart, commença Harry, et je crois que vous avez fourni à lady Rose des informations très intéressantes concernant le fils du forgeron.

– Seulement que lui et Dolly étaient très amoureux l'un de l'autre. Je crois qu'ils se retrouvaient en secret, mais rester discret, dans un village, c'est une vraie gageure. Le recteur s'est plaint au forgeron, qui a rossé ce pauvre Roger. C'était juste avant qu'ils n'emmènent Dolly à Londres.

– Miss Tremaine a confié un billet à lady Rose, dans lequel elle expliquait vouloir fuguer. Il est possible qu'elle ait su où se trouvait Roger et qu'elle ait décidé de le rejoindre. D'un autre côté, c'est peut-être lui qui l'a tuée. Quel genre de garçon était-ce ?

– Solidement bâti. Des cheveux noirs bouclés, assez grand. Il a dit à l'un des villageois qu'il s'enfuyait à Londres.

– Serait-il possible de trouver une photographie de ce jeune homme ?

– Je pense que non, Monsieur. D'après mes souvenirs, aucun des villageois ne possède d'appareil photographique.

– Je vais consulter Kerridge, dit Harry. Merci, Miss Friendly. »

Elle fit la révérence et quitta la pièce.

« Rose, vous n'auriez pas dû vous risquer à Apton Magna sans m'en parler, l'admonesta Harry.

– Et comment aurais-je pu vous en parler ? Vous n'êtes jamais là ! répliqua Rose.

– J'ai le téléphone, vous savez.

– Une femme devrait disposer de la même liberté qu'un homme, déclara Rose. Contrairement à moi, vous êtes à même de vous rendre à Scotland Yard quand ça vous chante pour prendre connaissance des derniers développements de l'enquête.

– Pour votre propre sécurité, j'aimerais que vous soyez plus conventionnelle.

– Vous-même êtes loin d'être conventionnel !

– C'est vrai, mais c'est différent pour un homme.

– Parfois, j'ai envie d'annuler nos fiançailles et d'épouser sir Peter. »

Furieux, Harry lui jeta un regard outré.

« De mariage, cela n’en aurait que le nom.

– Comme ces fiançailles », rétorqua Rose.

Piqué au vif, Harry l’attrapa et l’embrassa avec fougue. Quand il la lâcha, chancelante, il articula : « Désolé, je n’aurais pas dû faire ça. Mais vous êtes horripilante. »

Sur quoi, il tourna les talons et quitta la pièce.

5

« L'homme dont la demande en mariage a été acceptée est tenu par le devoir de passer la plupart de son temps libre avec sa promise. Pas question de s'absenter pour un voyage à l'étranger alors qu'elle passe quelques semaines au bord de mer en Angleterre, sauf si elle en exprime le souhait. Ce serait lui infliger un véritable "camouflet"… car cela signifie presque toujours que l'homme a été pris au piège et reviendrait volontiers sur sa demande s'il le pouvait. »

Mrs. Humphrey

Rose faillit téléphoner à Harry pour annuler leur sortie en auto. Ce baiser l'avait ébranlée. Curieusement, elle ne parvenait même pas à en parler à Daisy. Et puis Daisy se réjouissait tellement de cette sortie !

Rose avait conscience que les rigueurs de l'étiquette s'assouplissaient. On n'escomptait plus d'un gentleman qu'il demande aux parents d'une jeune fille la permission de lui présenter ses hommages. Seules les personnes les plus à cheval sur les convenances, comme le comte et la comtesse, et sans doute des arrivistes tels que les Tremaine, s'attendaient à ce que ces règles archaïques soient respectées.

Elle contempla la petite bague de fiançailles qui ornait son doigt. Elle l'avait achetée elle-même, sur ses deniers, Harry ayant de toute évidence oublié qu'il était censé lui en procurer une.

Le temps s'annonçait agréable le jour de la sortie en voiture. Rose hésita entre « s'armer » d'une de ses nouvelles toilettes, une robe en dentelle blanche avec un haut col rigide, et enfiler une tenue confortable. Le confort l'emporta. Sa bonne la vêtit d'une jupe-culotte en tweed et d'un corsage rayé. Rose posa un canotier sur ses cheveux brillants et, bien que la journée s'annonce chaude, enfila une veste en tweed.

Daisy, quant à elle, s'était levée très tôt, essayant tenue après tenue afin d'impressionner Becket. Lorsque enfin elle rejoignit Rose, parée d'une robe de soie pourpre ornée de dentelle ton sur ton, celle-ci s'exclama avec horreur : « Nous n'allons pas faire des visites, Daisy. Il vous faut une tenue informelle. »

Elle sonna sa femme de chambre et bientôt, une Daisy à la mine boudeuse revêtait une jupe quelconque et un corsage blanc. Elle protesta bruyamment contre le fait de porter elle aussi un canotier et ce n'est que parce qu'elle fut prévenue que le capitaine l'attendait que Rose la laissa s'en tirer avec un chapeau rond à large bord orné de tant de fleurs qu'on aurait dit une plate-bande soigneusement entretenue.

Rose se sentait fébrile à l'idée de revoir Harry. Il n'aurait pas dû prendre de telles libertés avec elle.

Contre toute attente, le capitaine se montra aussi froid et distant que d'habitude. Il aida Rose à s'installer sur le siège passager de la Rolls, tandis que Daisy et Becket montaient à l'arrière.

« Nous pourrions trouver un coin agréable en amont de la rivière », proposa Harry. Il parlait de la Tamise.

Pour un Londonien, il n'y avait qu'une rivière.

Rose hocha sèchement la tête et se cala dans le siège de cuir rouge. L'auto démarra dans un vrombissement. Daisy se mit à bavarder avec Becket et Rose envia ses manières décontractées et son aisance.

Je n'entends rien aux hommes, songea-t-elle, maussade. Ils sont une énigme pour moi. Si seulement j'avais des frères.

Harry finit par parler : « Vous n'avez pas remarqué d'individu suspect rôder dans les environs, j'espère ?

– Non, personne, répondit Rose, mais il faut dire que nous n'avons pas mis le nez dehors, à part notre excursion à Apton Magna.

– Ne faites plus ce genre de choses sans m'en avertir.

– Ça risque d'être difficile, vous êtes toujours par monts et par vaux.

– Je vous le répète, je n'accepterai aucune mission tant que cette affaire ne sera pas résolue. Votre Miss Friendly vous a-t-elle fait d'autres révélations qui valent leur pesant d'or ?

– Non, et ce n'est pas faute de se creuser la tête. Des nouvelles de Mr Cyril Banks ?

– Il est en Écosse. Pour une partie de chasse.

– À votre avis, il pourrait être le meurtrier ?

– Je n'en sais rien. Mais une chose est sûre, il est incroyablement vaniteux. Sans compter que des histoires louches circulent sur lui.

– Par exemple ?

– Eh bien lors d'un séjour à la campagne, chez lord Berrow, il a été accusé d'avoir violenté une jeune bonne. Les domestiques ont affirmé qu'il était entré de force dans sa chambre, mais Berrow a soutenu Cyril, prétendant que la fille était une Marie-couche-toi-là. Il l'a renvoyée. Ses parents se sont plaints auprès de l'église et du lord lieutenant, mais rien n'y a fait.

– Comment est-ce possible ?

– La loi n'est pas la même selon qu'on est riche ou pauvre. Estimez-vous heureuse d'être bien née, lady Rose. La façon peu orthodoxe dont vous vous conduisez pourrait vous mener à la catastrophe si vous veniez d'une classe moins privilégiée.

– Donc Berrow et Cyril Banks sont amis ? Et ils voulaient tous les deux épouser Dolly. Vous ne trouvez pas cela bizarre ?

– Oui, effectivement, et plutôt nauséabond.

– Nauséabond ? Que voulez-vous dire ? »

Harry se mordit les lèvres. Il savait que Berrow, comme Cyril, avait une réputation abjecte. Il lui avait traversé l'esprit que Berrow, s'il avait réussi à faire la cour à Dolly et à l'épouser, aurait peut-être autorisé son ami à s'accointer avec elle.

« Simplement qu'il s'agit de deux individus peu recommandables. »

Ils descendaient les routes à l'ombre d'arbres lourds du poids de l'été, aux feuilles d'un vert sombre et poussiéreux.

« Vous auriez dû mettre un voile », remarqua Harry alors qu'un nuage de poussière s'élevait de la route, qui n'était pas empierrée.

« Mon mouchoir suffira. »

Tandis qu'ils longeaient la rivière, les traditionnelles querelles de pique-nique éclatèrent. À chaque fois que Harry faisait mine de s'arrêter, Rose ou Daisy s'écriait : « Non, pas ici ! Essayez un peu plus loin. »

Harry finit par se rebiffer et se gara d'office à côté d'une étendue d'herbe verte bordée de saules. « Ce sera ici, un point c'est tout, déclara-t-il. J'aimerais autant déjeuner avant la tombée de la nuit. »

Becket sortit un grand panier du coffre et s'ingénia à mettre en route un petit réchaud à alcool.

Harry étendit des couvertures sur l'herbe, puis Rose et Daisy aidèrent Becket à sortir les assiettes, les verres et les différents plats du panier.

Tandis que la rivière cascadait au-delà des saules, ils burent du champagne et dégustèrent des mets délicats provenant de chez Fortnum & Mason, notamment un excellent aspic de grouse. Le feuillage des arbres qui entouraient leur oasis verte projetait des ombres vacillantes sur leurs visages.

Une fois le repas terminé, Harry dit à Rose : « Marchons un peu, j'ai quelque chose pour vous. »

Il l'aida à se lever et ils firent quelques pas entre les arbres, sous les regards toujours pleins d'espoir de Becket et Daisy.

Le capitaine s'arrêta et tira de sa poche un écrin. « J'aurais dû vous offrir une bague plus tôt. J'ai fait preuve d'une grande négligence. »

Rose ouvrit la petite boîte. Un magnifique diamant serti d'or blanc étincela, envoyant des éclats multicolores sur son visage ébahi.

« C'est trop, articula-t-elle. Je ne peux pas accepter. Ce n'est pas comme si nous étions réellement fiancés.

– Je voudrais que vous la gardiez comme souvenir de nos aventures. Le diamant est un cadeau, il m'a été offert en Afrique du Sud. »

Il lui prit la main et retira la petite bague qu'elle s'était achetée. Médusée, Rose le laissa lui passer la bague au doigt. « S'il vous plaît prenez-la… Rose. »

Soudain, elle releva la tête et lui sourit. « Oui,

je la garderai. Merci. Je pense que nous pouvons rester amis après tout. »

Le capitaine glissa le bras de la jeune femme sous le sien et ils se remirent à marcher. « Admettez que nous formons un duo des plus insolites. Nous sommes inadaptés à la vie en société. Comme Kerridge.

– Mr Kerridge est un inadapté ?

– Oh que oui ! Il s'imagine haranguer le peuple depuis les barricades et pendre les aristocrates aux réverbères.

– Pourquoi ? Nous avons toujours été charmants avec lui.

– Je crois que je le comprends. À chaque fois qu'il interroge l'un d'entre nous, on le menace de lui faire perdre son travail. "Mon ami le Premier ministre en entendra parler." Ce genre de choses.

– La plupart du temps, je me contente d'accepter ma position dans la vie, répondit lentement Rose. Nous sommes à l'abri de la misère humaine, comme derrière de hautes murailles. Quand j'ai tendu la main à Miss Friendly, j'ai presque eu honte de moi d'avoir choisi une vieille dame raffinée dont j'étais sûre qu'elle me serait reconnaissante et ne me causerait pas d'ennuis, alors qu'il existe des centaines, des milliers d'autres miséreux encore plus dignes d'être secourus.

– J'ai ressenti la même chose lorsque j'ai aidé Phil. Vous ai-je parlé de Phil ? »

Rose écouta Harry lui décrire sa visite à Bermondsey. Puis elle dit : « Quand je serai majeure, je disposerai de ma propre cassette. Je créerai une œuvre de bienfaisance.

– Faites-le-moi savoir, s'enthousiasma Harry, et j'y contribuerai. »

Sur ces bonnes paroles, ils rejoignirent Becket et Daisy. Le majordome préparait le thé. Rose montra sa bague à Daisy, qui fit un signe de tête à Becket. Il lui répondit d'un discret clin d'œil.

Ils étaient tous heureux et à l'aise les uns avec les autres quand ils finirent par reprendre la route de Londres.

Ce bonheur paisible ne devait pas durer. Tandis qu'ils roulaient sur la Great West Road, Harry commit l'erreur de demander : « Comment trouvez-vous ma tante Phyllis ?

– Elle a des manières charmantes. La plupart de nos domestiques sont restés à Londres et pourtant, elle a fait venir son propre personnel. Et puis, elle commande des robes et des livres et les fait mettre sur le compte de mes parents.

– Vous devez vous méprendre, s'étonna Harry. Vous parlez de la sœur de ma mère. Elle était tellement désireuse d'apporter son aide.

– Je veux bien le croire, répliqua Rose. Je suis sûre qu'elle serait désireuse d'aller n'importe où, du moment qu'elle est nourrie et blanchie.

– Retirez ce que vous venez de dire !

– Sûrement pas ! »

Sur la banquette arrière, Becket et Daisy échangeaient des regards inquiets.

« Je l'ai toujours trouvée adorable, insista Harry.

– Ah oui ? railla Rose. Et quand l'avez-vous vue pour la dernière fois ?

– Il y a quelques années.

– Ceci explique cela ! En réalité, vous ne la connaissez pas.

– Je ne crois pas un mot de ce que vous avancez.

– Me traitez-vous de menteuse ?

– Non, vous êtes mal renseignée, c'est tout. »

Lorsqu'ils atteignirent Londres, Rose et Harry se faisaient la tête. Rose avait pris la décision de rendre son diamant à Harry, mais ne voulait pas faire de scène dans la rue.

« Je vous aurais bien invité à entrer, dit Rose avec froideur, mais je suis sûre que vous avez hâte de retourner chez vous. Venez, Daisy. »

Daisy jeta un regard soucieux à Becket et suivit lentement Rose à l'intérieur.

Mrs Holt les attendait de pied ferme. Tante Phyllis avait fait venir sa propre intendante, mais Mrs Holt avait averti l'intruse qu'elle ne devait pas se mêler de la marche de la maisonnée.

« Puis-je vous parler, Mademoiselle ?

– Bien sûr. » Rose retira les épingles de son chapeau. « Que se passe-t-il ? »

Mrs Holt baissa la voix : « Il s'agit de lady Phyllis. Madame a donné à Miss Friendly tellement de robes et de chapeaux à modifier, que je jurerais que la pauvre femme a passé la nuit à travailler.

– Je m'en occupe. »

Rose monta d'un pas décidé à la salle de couture.

Miss Friendly était penchée sur la machine à coudre. Elle s'interrompit en apercevant Rose, se leva, chancelante, et dut se retenir à la table. Des ombres violettes cernaient ses yeux.

« Arrêtez tout, ordonna Rose. Vous n'aurez plus à travailler pour lady Phyllis. » Elle sonna et demanda au valet qui se présenta d'aller chercher la femme de chambre de l'écornifleuse. Lorsque celle-ci arriva, Rose lui intima d'emporter tous les chapeaux et tous les vêtements de lady Phyllis et ajouta : « Votre maîtresse nous quitte sur-le-champ. Quant à vous, Miss Friendly, vous ne travaillerez pas pendant les deux prochains jours. Retirez-vous dans votre chambre et détendez-vous, ou allez prendre l'air, à votre guise. »

Rose redescendit l'escalier d'un pas tout aussi décidé et entra dans le bureau, où Matthew Jarvis travaillait.

« Ah, lady Rose, dit-il. Je viens de recevoir un télégramme. Monsieur et Madame seront de retour en Angleterre à la fin de la semaine. Ils souhaitent que vous vous rendiez à Stacey Court aussi vite que possible.

– Très bien », répondit Rose. Que ce satané capitaine la résolve seul, cette enquête, fulminat-elle en son for intérieur. « Mr Jarvis, je vous serais reconnaissante d'informer le majordome de lady Phyllis qu'elle et son personnel doivent partir dès que possible. Et par dès que possible, j'entends demain matin au plus tard. »

Quand elle apprit la nouvelle, lady Phyllis fut scandalisée. Elle eut beau taper du pied et protester, tout ce qu'elle obtint de Rose fut une leçon de morale cinglante sur son sans-gêne et sa façon de malmener la domesticité.

Lady Phyllis téléphona à son neveu, qui répondit qu'il ne pouvait contredire lady Rose dans la mesure où elle était chez elle. Mais il était furieux contre Rose et se dit qu'elle était mauvaise comme la gale.

À la fin de la semaine, Becket ne supporta plus de garder le silence. « Vous vous souvenez, Monsieur, que vous m'avez demandé de vous rapporter les potins qui circulent au Running Footman ?

– Oui, bien sûr. Avez-vous découvert quoi que ce soit en rapport avec les meurtres ?

– Non, Monsieur. Il s'agit d'autre chose. Je n'ai pu m'empêcher d'entendre votre dispute avec lady Rose au sujet de lady Phyllis. »

Le visage de Harry se durcit. « Et alors ?

– Eh bien, certains des domestiques de votre tante fréquentent eux aussi le Running Footman.

– Je répète : et alors ?

– Lady Phyllis a un surnom. On l'appelle… lady Gratte-Sous.

– Quoi !

– Il semblerait que lady Phyllis aime se faire inviter pour des séjours plus ou moins longs et qu'une fois installée, elle revienne très cher à ses hôtes. En outre, elle vient en général accompagnée d'autant de domestiques que possible, ce qui lui économise la dépense de les nourrir.

– Vous en êtes sûr ?

– D'autres domestiques se sont joints à nos commérages. Eux aussi se souviennent des visites de lady Phyllis. L'un d'eux a expliqué qu'invitée pour le thé, elle était arrivée avec armes et bagages, affirmant qu'elle avait été conviée à rester plusieurs jours. Ils ont mis deux mois à se débarrasser d'elle et de sa suite. »

Harry passa la main dans son épaisse chevelure. « Sacrebleu. Je ferais bien d'aller voir lady Rose. »

Chez le comte, il ne trouva qu'un couple de concierges, qui lui apprit que toute la famille était à la campagne. Une fois rentré chez lui, il téléphona à Stacey Court, certain d'être invité à les rejoindre. Ce fut Matthew qui décrocha et il l'informa que Rose avait donné instruction de lui répondre qu'elle était « en visite ».

C'était la façon dont on infligeait un camouflet dans la bonne société. Cela signifiait purement et simplement : « Allez au diable, je n'ai aucune envie de vous voir. »

Il s'assit et rédigea une lettre d'excuse qui venait du cœur. Comme tout courrier adressé à Rose, ce fut le comte qui la lut en premier et il décida de ne pas la lui montrer. Sir Peter Petrey devait bientôt rentrer d'Écosse, c'était un excellent parti et Rose semblait l'apprécier. Si seulement elle rompait ses fiançailles avec cet extravagant capitaine... Le comte jeta la lettre de Harry au feu et décida d'inviter Peter à leur rendre visite.

Ne recevant pas de réponse de la jeune femme, Harry la jugea puérile et odieuse. À aucun moment il ne lui vint à l'idée qu'un esprit aussi indépendant que Rose Summer ne pouvait consulter librement son courrier.

Les semaines passèrent et aucune nouvelle piste ne se présenta dans l'enquête sur le meurtre de Dolly Tremaine. N'ayant pas digéré ce qu'il voyait comme un camouflet de la part de sa prétendue fiancée, Harry accepta d'autres affaires et se plongea à corps perdu dans le travail.

L'automne s'insinuait dans la campagne anglaise, une odeur de feu de bois flottait au-dessus des champs nus et couverts de givre, et le comte et la comtesse se préparaient à rentrer à Londres pour la Petite Saison.

Seule Daisy avait le sentiment d'être condamnée à un dimanche perpétuel où rien ne se passait. Sir Peter avait fait un séjour prolongé à Stacey Court et Rose avait semblé apprécier sa compagnie.

Ce fut par une journée humide et bruineuse que le cortège des attelages et des carrioles arriva à Londres. Le spectacle du comte, de sa famille et de ses domestiques déménageant de la campagne à la ville évoquait la procession de la famille royale d'un petit État étranger.

Des volutes de fumée tombaient des mitres des cheminées et les bâtiments étaient noirs de suie. À leur arrivée, le falotier, armé de sa longue perche en laiton, faisait le tour de la place, allant de réverbère en réverbère. Tel un magicien, il envoyait des globes de lumière dans la nuit tombante, laissant derrière lui une éclatante constellation de petites planètes.

C'est le cœur lourd que Rose descendit de calèche. Londres, encore. Londres, où l'exaspérant Harry Cathcart l'avait sans nul doute oubliée.

Seule la consolait la pensée qu'elle croiserait probablement l'honorable Cyril Banks dans un dîner ou un bal. Enquêter était exactement ce dont elle avait besoin pour sentir que sa vie n'était pas complètement inutile.

Elle eut l'occasion de voir Cyril plus tôt qu'elle ne s'y attendait. Le jour suivant, accompagnée de Rose et de Daisy et dûment escortée de sa femme de chambre, de celle de Rose et de deux valets de pied, lady Polly se mit en route pour prendre le thé chez les Barrington-Bruce, dont elle avait accepté l'invitation alors qu'elle était encore à la campagne.

Lady Polly voulait exhiber son nouveau chapeau.

Il n'était pas réellement neuf, mais Miss Friendly lui avait donné un coup de jeune. La comtesse avait presque oublié combien elle avait désapprouvé le fait que Rose l'ait engagée en son absence et considérait désormais comme sa propre idée le recrutement de la couturière aux doigts d'or.

La silhouette ronde de lady Polly était emmitouflée dans un grand manteau de zibeline. Elle portait autour du cou une étole, en zibeline également, son chapeau de feutre était bordé de fourrure et ses petits pieds étaient chaussés de bottines fourrées. Elle se sentait très chic et n'imaginait pas une seconde que sa fille trouve qu'elle ressemblait à un animal exotique échappé du zoo de Londres.

Rose quant à elle était enveloppée d'un long manteau en renard, et portait un bibi en fourrure juché avec désinvolture sur ses cheveux bouclés. À ses côtés, emmitouflée dans un manteau en écureuil, Daisy se demandait si elle reverrait Becket un jour.

Une fois arrivées à la grande demeure blanche de Kensington, elles quittèrent leurs manteaux et pénétrèrent dans le salon en toilette d'après-midi. Un grand écran de cheminée brodé occultait le feu qui flamboyait dans l'âtre, et la pièce était froide.

Rose reconnut Cyril immédiatement. Elle attendit qu'il s'assoie pour saisir l'occasion de lui parler de Dolly. Elle dut patienter un certain temps. Les devoirs d'un gentleman lors du thé étaient contraignants. Il devait distribuer les tasses, passer le sucre, la crème, le cake et les muffins, tout en débitant des banalités pour entretenir la conversation. Sans compter qu'il lui fallait se lever chaque fois qu'une dame entrait dans la pièce ou en sortait.

Enfin, il trouva un siège à côté de Rose et s'assit en soupirant : « J'ai cru que je n'arriverais jamais à grappiller une part de cake.

– Il reste beaucoup de choses, souligna Rose. Une lady ne mange pas, vous le savez.

– Votre dame de compagnie est l'exception qui confirme la règle. »

Rose tourna son regard vers Daisy, qui était en train de gâcher ses gants en se fourrant dans la bouche un muffin dégoulinant de beurre.

« Vous devez être aussi bouleversé que moi par la mort de cette pauvre Miss Tremaine, commença Rose.

– Oh, ça ? Une sale histoire. Scotland Yard m'a cuisiné. Vous pouvez le croire ?

– Ça a dû être effroyable, minauda Rose, lui adressant son plus charmant sourire.

– Sans compter que votre fiancé, ce drôle de zèbre, était présent ! Vous n'avez pas honte qu'il condescende à ce genre d'activité ? »

C'était de l'insolence, mais Rose choisit de l'ignorer. « Son travail l'éloigne souvent de moi, c'est sûr.

– Si j'étais à sa place, susurra Cyril, je ne vous lâcherais pas d'une semelle. »

Rose lui donna un petit coup d'éventail sur le

bras et gloussa. « Oh, monsieur, quel flatteur vous faites. »

Les yeux de Cyril s'illuminèrent. Rose disposerait d'une fortune considérable à sa majorité. D'après la rumeur, ses fiançailles seraient bientôt rompues, on ne la voyait jamais au bras de son fiancé et il ne lui avait pas rendu visite une seule fois pendant son séjour à la campagne.

« Dolly me manque, lâcha soudain Rose, l'air triste. Je me demande ce qui l'avait poussée à fuguer.

– Je pense pouvoir éclairer votre lanterne, avança Cyril. C'était une sœur de Sappho. »

Rose lui adressa un regard perplexe. Quel rapport entre Dolly et la Grèce antique ? Et pourquoi Cyril la lorgnait-il de cette façon bizarre ? Les vers d'un poème de lord Byron lui revinrent en mémoire : « Ce que les hommes nomment galanterie/Est bien plus courant sous les climats étouffants. » Le grand poète s'était inspiré de la Grèce et il avait composé quelques poèmes sur Sappho. Y avait-il eu un scandale ? Dolly était-elle amoureuse d'un homme marié ? Ses pensées s'agitaient en tous sens comme l'avaient sans doute fait les écureuils qui servaient aujourd'hui de manteau à Daisy.

« Je ne saisis pas, monsieur.

– Oubliez cela », fit Cyril en hâte, se rendant compte que si Rose l'avait compris, elle aurait pu croire qu'il la traitait de lesbienne elle aussi. Il poussa un soupir : « Elle était diablement jolie, n'est-ce pas ?

– Oui, et si triste. Vous a-t-elle jamais dit que quelqu'un la menaçait ?

– Non, au contraire, mon ami Berrow était sur le point de lui demander sa main.

– Lord Berrow n'est plus tout jeune.

– C'est un sacré gaillard. Il est dans la fleur de l'âge.

– Je suis surprise de vous entendre parler de lui en ces termes élogieux alors qu'il allait réussir là où vous avez échoué.

– Croyez-moi, lady Rose, notre amitié survivrait à n'importe quoi. Allons, ces jolies lèvres ne devraient pas parler de meurtre.

– Pourriez-vous demander à Mrs Barrington-Bruce de retirer l'écran de cheminée ? »

Cyril se leva d'un bond. Quand il revint, sa place était occupée par sir Peter, qui venait d'arriver.

« Quand je suis entré, fit observer Peter, vous flirtiez avec cet affreux crapaud de Cyril Banks.

– J'essayais d'obtenir des informations sur Dolly, chuchota Rose.

– Ce garçon est un épouvantable crampon. Vous pensez qu'il l'a tuée ? Je le crois vicieux. Il y a eu un scandale.

– Le voilà, coupa Rose en levant son éventail. Changeons de sujet. »

Daisy s'éclipsa de la pièce. En entrant dans la maison, elle avait aperçu un téléphone dans le vestibule. Chez le comte, elle avait voulu appeler Becket pour l'informer de son retour en ville, mais

Matthew était parti en congé pour une semaine et la porte du bureau était fermée à clef. Elle regarda nerveusement autour d'elle.

Le garçon de courses, qui était à moitié endormi sur sa chaise, s'agita. « Vous cherchez le petit coin, Madame ?

– Non, je voudrais me servir du téléphone.

– Mrs Barrington-Bruce est d'accord ?

– Oui.

– Alors allez-y. Je descends à l'office. Si quelqu'un a besoin de moi, il suffira de sonner. »

Daisy attendit que la porte capitonnée de feutrine verte se soit refermée derrière lui pour décrocher le récepteur et demander à l'opératrice d'établir la communication.

À son grand soulagement, ce fut Becket qui décrocha. « C'est moi, Daisy, chuchota-t-elle. Pourquoi le capitaine ne s'est-il pas manifesté ?

– Il ne savait pas que vous étiez rentrées. Il a envoyé une lettre d'excuse à lady Rose, mais elle n'y a pas répondu.

– Son père épluche tout son courrier. Il l'a probablement détruite. Le capitaine ferait mieux de se présenter en personne.

– Je le lui dirai. Demain nous allons à Oxford. Le capitaine souhaite s'entretenir avec Mr Jeremy Tremaine.

– Si seulement nous pouvions vous accompagner. Si seulement... »

Daisy entendit la porte du salon s'ouvrir à l'étage et se dépêcha de raccrocher.

« Je me demande parfois si je ne devrais pas concentrer mon attention sur lord Berrow, souffla Rose à Peter.

– Il est encore plus infâme que Cyril.

– Voilà qui est intéressant. Nul doute qu'un meurtrier est une personne infâme. Peut-être flirterai-je un peu avec lui la prochaine fois que je le verrai.

– Votre fiancé fantôme ne s'agace pas de vous voir conter fleurette à d'autres hommes ?

– Oh non, il comprend que cela fait partie de mes recherches.

– Et que pense-t-il de moi ? »

Rose le regarda avec surprise. « Il sait que vous êtes un ami. Tout le monde sait que vous vous portez toujours volontaire pour escorter les femmes à qui leur cavalier fait faux bond. »

Il rit. « En voilà une réputation ! Alors vous ne tenez pas un tout petit peu à moi ?

– Vous êtes un flirt, monsieur. J'accorde de l'importance à votre amitié, bien sûr. Pourquoi Daisy est-elle en train de me faire des grimaces et des clins d'œil ?

– Miss Levine est, si vous me permettez de le dire, une dame de compagnie des plus insolites.

– Je vous prie de m'excuser. » Rose se leva et

gagna le coin de la pièce où s'agitait Daisy. « Pourquoi cette pantomime ? s'enquit-elle.

– J'ai téléphoné à Becket pour le prévenir que j'étais à Londres, chuchota Daisy. Le capitaine vous a envoyé une longue lettre d'excuse. Votre père a dû s'en débarrasser. »

Rose bouillait de rage. Elle savait pertinemment que son père tempêterait et nierait qu'elle ait reçu une telle lettre.

« Vous savez, maugréa Rose en considérant pensivement Peter, resté à l'autre bout de la pièce, j'ai parfois envie d'épouser le premier venu juste pour avoir mon propre foyer et être libre.

– Ce serait une mauvaise idée, répondit Daisy. Un mari peut se révéler plus pénible qu'un père, aussi envahissant soit-il.

– Et comment savez-vous cela, je vous prie ?

– J'ouvre grand les yeux. »

Daisy observa avec inquiétude Rose rejoindre Peter et vit avec quelle aisance elle bavardait avec lui. Il fallait absolument que le capitaine vienne s'expliquer ce soir-là.

Harry rentra tard chez lui. Becket le débarrassa de son manteau et lui parla de la disparition de la lettre d'excuse.

« J'irai voir lady Rose demain, répondit Harry.

– Nous partons très tôt pour Oxford, Monsieur, lui rappela Becket.

– Alors je passerai la voir à notre retour. »

La femme de chambre de Rose l'aida à se préparer pour le coucher. Elle choisit un livre pour lire quelques pages avant de s'endormir, gagna la fenêtre, écarta les rideaux et regarda dehors.

Deux silhouettes sombres semblaient faire le guet à côté de la place. Quelque chose poussa Rose à aller éteindre la lampe à gaz. Elle revint près de la fenêtre et écarta de nouveau les rideaux de plusieurs centimètres. Les deux silhouettes s'étaient déplacées sous la flaque de lumière d'un réverbère. Cyril Banks et lord Berrow. Ils levèrent les yeux vers la maison. Elle lâcha brusquement le rideau et resta là, le cœur battant, soudain gagnée par la peur. Où était Harry ?

Le lendemain matin, Harry laissa la Rolls près de la gare de Paddington et, accompagné de Becket, prit le train pour Oxford. Le temps était pluvieux et sombre. Ils s'installèrent dans la voiture-restaurant et commandèrent un petit déjeuner, tandis que la locomotive quittait la gare dans un grand sifflement.

Alors que le train faisait halte à Slough, Harry lança soudain : « Je ne sais vraiment pas quoi faire concernant ces fiançailles.

– Vos fiançailles avec lady Rose ?

– Qui d'autre ? Peut-être que si je n'avais pas accepté de suivre son plan, elle se serait épanouie aux Indes et aurait rencontré un bel officier.

– Je pense qu'un mari conventionnel rendrait

lady Rose malheureuse, fit Becket. Si vous me permettez cette audace, monsieur, je pense que vous et lady Rose êtes faits l'un pour l'autre.

– Balivernes. Nous sommes comme chien et chat, nous nous chicanerions sans cesse. »

Harry fixa le quai d'un air sombre. Sur le mur, une plaque publicitaire en métal annonçait : « Pour l'achat de la paire, la troisième botte gratuite. Ça vous botte ? »

« Je me demande qui invente ces slogans, dit Harry. Un comique raté ? » Becket comprit que le sujet était clos.

Pourtant, à la gare d'Oxford, Harry appela Matthew d'une cabine téléphonique et lui demanda à quel raout devait assister Rose ce soir-là.

« Un bal costumé chez les Sowerby, répondit Matthew.

– Dites-lui que je l'accompagnerai. » Harry raccrocha. « Becket, je vais à un bal costumé ce soir. Ai-je au moins un déguisement ?

– Non, mais nous pourrions peut-être improviser. »

Ils sortirent de la gare et montèrent dans un cab. « Comment Phil s'en sort-il ? demanda Harry.

– Il est très appliqué. La maison brille comme un sou neuf.

– Comment occupe-t-il son temps libre ?

– Il lit. Il aime beaucoup les livres.

– Je songe à créer une œuvre de bienfaisance pour venir en aide aux pauvres de l'East End.

Nous y associerons peut-être Phil. Au lieu que des hommes et des femmes de condition jouent le rôle des généreux bienfaiteurs, peut-être que quelqu'un comme lui saurait découvrir les personnes réellement méritantes. Nous disposons de bien plus d'argent que nécessaire maintenant. D'ailleurs, je vous paie suffisamment, Becket ?

– Pour l'instant, oui.

– Que voulez-vous dire ?

– Me serait-il possible de continuer à travailler pour vous si je me mariais ?

– Vous, Becket ?

– Vous avez dû remarquer que j'éprouve une certaine tendresse pour Miss Levine.

– Nous verrons. Sans Daisy, lady Rose serait sans défense.

– L'idéal serait peut-être que vous-même épousiez lady Rose, ainsi vous pourriez la protéger, avança Becket avec hardiesse.

– Assez, Becket. Je réfléchirai à votre problème, mais pour l'instant, je ne veux plus en entendre parler. »

Construit dans le style gothique au siècle précédent, St. Edwin était l'un des collèges mineurs d'Oxford. Ils demandèrent Mr Jeremy Tremaine à la loge de l'appariteur et furent escortés jusqu'à un escalier situé à l'autre bout de la cour principale.

« Premier étage, messieurs », dit l'appariteur avant de les laisser.

Ils montèrent les marches de pierre usées et toquèrent à la porte.

Harry espérait plus ou moins que, poussé par son ambition contrariée, un membre de la famille Tremaine avait assassiné Dolly. Il était cependant d'avis que ni le recteur ni sa femme n'étaient coupables, il restait donc le fils.

Mais l'homme qui leur ouvrit la porte semblait incapable de faire du mal à une mouche. C'est Dolly qui avait reçu la beauté. Grand, mince et légèrement voûté malgré son jeune âge, Jeremy avait le teint jaunâtre comme du suif et portait des lunettes sur le bout du nez. Il était vêtu d'un sévère costume noir et d'une chemise blanche dotée d'un haut col amidonné. Ses cheveux blond cendré commençaient déjà à se clairsemer. Il avait jeté sur ses épaules une épaisse couverture.

Harry se présenta. « Entrez, l'invita Jeremy. Je vous prie d'excuser mon accoutrement, mais la bonne est paresseuse, elle vient seulement d'allumer le feu. Puis-je vous offrir quelque chose ? Un sherry ? »

Les visiteurs refusèrent tous les deux. Becket s'assit sur une chaise près de la porte et Harry s'installa dans un fauteuil en face de celui dans lequel Jeremy venait de loger sa longue silhouette.

« C'est à propos du meurtre de ma sœur ? s'enquit le jeune homme.

– Oui. Nous n'avons toujours aucune piste.

Avez-vous la moindre idée de qui aurait pu s'en prendre à elle ?

– Non, et ce n'est pas faute d'avoir retourné la question dans tous les sens.

– Il s'agit sûrement d'une personne qu'elle connaissait, fit Harry. Elle a dû mettre ce costume pour le montrer à quelqu'un.

– Elle voulait peut-être le faire admirer à lady Rose et elle aura été attaquée par un dément dans le parc.

– Un dément qui a des lettres, souligna Harry d'un ton sec, pour prendre la peine de l'arranger comme la dame de Shalott.

– J'y ai réfléchi, s'empressa de répondre Jeremy. Et si l'effet tenait au hasard ? Et si le meurtrier, horrifié par ce qu'il venait de faire, l'avait simplement allongée telle quelle ?

– C'est possible, admit Harry. J'ai ouï dire que Miss Tremaine appréciait particulièrement le fils d'un forgeron local, Roger Dallow. »

Jeremy éclata d'un rire méprisant. « Ce sont des cancans de village. Je sais d'où ils viennent. C'est cette vieille fille, Miss Friendly, toujours en train de se morfondre et de rêver au prince charmant. Dolly fascinait les hommes, jeunes ou moins jeunes, à des kilomètres à la ronde, mais elle n'en a jamais encouragé aucun.

– Qu'est-il arrivé à Roger ?

– Il s'est enfui. Ça, je le sais. Son père est un homme violent, cela n'a donc surpris personne.

– Il n'a jamais écrit à votre sœur ou essayé de se mettre en rapport avec elle de quelque manière que ce soit ? Becket, approchez-vous donc du feu. Vous devez être transi là-bas. »

Jeremy eut un rire acerbe. « Pour autant que je le sache, Dallow était illettré. Il avait très envie d'aller à l'école, c'est vrai, mais son père l'obligeait à travailler à la forge. »

Harry réprima un soupir. Ce voyage était une perte de temps. Il avait appris que Jeremy avait passé l'été en Grèce, attendant avec impatience le début du semestre d'automne à Oxford. Harry n'avait plus de questions à lui poser, et lui et Becket prirent congé.

Comme le train approchait de Londres, Harry baissa les yeux vers les petites maisons de banlieue et leurs jardinets proprets et dit à Becket : « Je me demande comment ce serait de vivre dans l'une de ces maisonnettes, libéré des pressions de la société. »

Becket suivit son regard et réprima un sourire. « Ce sont des logements de travailleurs, Monsieur. Vous vous apercevriez que le snobisme et les règles sociales y sont aussi rigides et mesquines que dans la haute société. Parfois, certaines personnes s'imaginent pouvoir échapper à la tyrannie sociale en s'installant à la campagne. Peine perdue : le pasteur et sa femme leur rendent visite, les cataloguent séance tenante, et les nouveaux venus ne reçoivent la visite que de personnes appartenant à la même classe qu'eux. Haut les cœurs, Monsieur. L'aristocrate, pour peu qu'il soit un homme, est libre. S'il ne se conforme pas aux règles de la société, il est simplement jugé excentrique. Et s'il est riche et en âge de se marier, alors il est vu comme byronien.

– Je ne vous savais pas si cynique, Becket.

– Je ne suis qu'un simple observateur du monde. »

Soudain, une forte déflagration se fit entendre et le wagon dans lequel ils étaient assis versa dans le bas-côté.

Les lampes à gaz avaient volé en éclats, plongeant la voiture dans l'obscurité, et un sifflement menaçant se faisait entendre.

« Grimpez sur mon dos, Becket, et ouvrez la porte, cria Harry. Il suffirait d'une étincelle pour que tout s'enflamme. Où êtes-vous ?

– Ici, Monsieur.

– Bien ! Sur mes épaules, vite ! »

Becket lutta jusqu'à avoir une prise ferme sur le manteau de Harry et se hissa sur son dos.

Avec peine, il parvint à ouvrir la fenêtre en tirant d'un coup sec sur la sangle de cuir et se pencha à l'extérieur.

« Allez ! hurla Harry.

– Comment allez-vous sortir d'ici, Monsieur ?

– Ne vous occupez pas de moi, allez-y. »

Becket se laissa glisser sur le côté du train. L'air résonnait de hurlements, de cris perçants et de gémissements.

Harry sauta et réussit à agripper le bord de la fenêtre. Au prix d'un effort surhumain, il se hissa dehors et se laissa tomber à côté de Becket, juste au moment où une énorme boule de feu explosait près de la locomotive. Les flammes commençaient à gagner du terrain.

« Rallions le bout du train, haleta Harry. Nous arriverons peut-être à extraire d'autres passagers des voitures. »

Ils coururent le long des voies, dans la direction opposée aux flammes. Ils atteignirent les portes avec difficulté, parvinrent à les ouvrir et tirèrent à l'extérieur des hommes, des femmes et des enfants, leur criant de s'éloigner.

Finalement, sous l'effet des lampes à gaz, les voitures en bois s'embrasèrent l'une après l'autre.

Non sans mal, Harry et Becket réussirent à s'échapper et regardèrent avec horreur le train en flammes glisser du ballast. Dans un fracas rugissant, il chuta sur les maisons en contrebas.

Harry s'assit et enfouit son visage dans ses mains. Sa mauvaise jambe, souvenir de la guerre des Boers, l'élançait, mais il sentait à peine la douleur.

Il se mit à pleuvoir à verse et les gouttes de pluie, telle des larmes, creusèrent des sillons sur le visage couvert de suie des deux hommes.

Ils restèrent là, immobiles, maître et serviteur, en état de choc.

Enfin, Harry se mit debout avec difficulté et aida Becket à se relever. L'air résonnait du bruit des cloches des voitures de pompiers. Puis ce fut le silence.

Ils marchèrent jusqu'à l'endroit où s'était trouvée la locomotive. Elle avait été violemment percutée par les wagons qu'elle tirait et qui, malgré la pluie, étaient en feu d'un bout à l'autre du convoi.

Grimée en Colombine, Rose descendait l'escalier. « Comme tu es jolie ! s'exclama lady Polly.

– Merci. Où est le capitaine Cathcart ?

– Il brille par son absence, comme d'habitude, rétorqua sa mère. Nous devrons nous passer de lui. »

Le comte et la comtesse étaient parés de tenues à la mode du dix-huitième siècle.

Le cœur de Rose se serra. Elle savait qu'elle était à son avantage dans son costume et elle avait été impatiente de voir Harry l'admirer.

Elle sentit une boule de douleur se former quelque part dans son ventre. Le capitaine n'éprouvait pas de sentiments pour elle, pas même un peu d'affection. Il lui infligeait un affront, une fois de plus. Les débutantes ne se priveraient pas de ricaner et de jaser derrière leurs éventails lorsqu'elle ferait son entrée, seule.

Alors qu'ils étaient sur le point de partir, Peter arriva. « Je voulais vous montrer mon costume, dit-il, se débarrassant de son manteau noir dans un mouvement théâtral. Malgré sa peine, Rose se mit à rire. Il était habillé en Arlequin.

« Mon fiancé n'a pas daigné montrer le bout de son nez et comme nous sommes assortis, je serais honorée que vous soyez mon cavalier.

– J'en serais enchanté et honoré moi aussi », répondit Peter.

Le comte et la comtesse échangèrent un petit sourire. Peter était un bon parti et se comportait de façon tout à fait convenable. Contrairement au capitaine. Nul doute que Rose romprait ses fiançailles après cela.

6

« Car causez six fois avec une demoiselle,
Et vous pouvez publier les bans. »

Lord Byron

Un tailleur de pierre arraché à une voiture de troisième classe avec sa femme et ses deux enfants avait demandé le nom de son sauveur. Harry s'était contenté de sourire avant de voler au secours d'un autre passager, mais Becket avait crié par-dessus son épaule : « C'est le capitaine Harry Cathcart. »

Les journalistes qui hantaient les hôpitaux des environs entendirent parler d'un héros qui était allé de voiture en voiture pour tirer d'affaire les rescapés. Ils tombèrent sur le tailleur de pierre alors qu'il quittait l'hôpital avec sa famille, son fils le bras dans une attelle. L'artisan leur expliqua qu'un certain capitaine Cathcart leur avait sauvé la vie.

Le lendemain, Daisy s'éclipsa pour aller se promener. Elle était très inquiète. Au bal costumé,

Peter et Rose avaient remporté le premier prix pour leurs tenues. Tout le monde louait le joli couple qu'ils formaient.

Elle marcha jusqu'à Piccadilly. Devant le nouvel hôtel Ritz, un vendeur de journaux s'époumonait : « Elles sont fraîches mes nouvelles ! Vous saurez tout sur le héros du train ! »

Daisy allait passer son chemin lorsqu'elle reconnut le visage de Harry à la une. Elle fouilla dans son réticule à la recherche de son porte-monnaie, acheta un exemplaire et entra dans Green Park pour le lire en paix.

La photographie du capitaine avait été prise l'année précédente, lors d'une garden-party visant à récolter des fonds pour une œuvre de charité. Daisy lut avec une horreur croissante l'article sur le déraillement. Becket n'était évoqué que comme le domestique de Harry. Il aurait pu être tué, pensa-t-elle, serrant le journal d'une main tremblante, indifférente à l'encre qui tachait ses gants.

Plusieurs de ses amis téléphonèrent au comte pour s'extasier sur la bravoure de Harry. Il le fit savoir à la comtesse.

« Il serait préférable de ne pas en parler à Rose, dit lady Polly. Pour l'instant, il vaut mieux qu'elle pense que s'il lui a fait faux bond hier soir, c'est parce qu'il ne tient pas suffisamment à elle. »

Au même moment, Rose entra dans le salon, une lettre et un écrin dans les mains.

« Je retourne sa bague au capitaine Cathcart, annonça-t-elle. Et j'y joins une lettre lui demandant de me libérer de notre engagement.

– C'est mieux ainsi, répondit lady Polly. Je vais demander à un valet de les lui porter sur-le-champ. Matthew Jarvis s'occupera de faire paraître un avis dans la presse. »

Harry avait donné sa journée à Becket. Fier d'endosser le rôle de majordome, ne fût-ce que pour quelques heures, c'est Phil qui répondait à la porte et disait à la presse, sur un ton de raffinement affecté, que le capitaine « n'y était pour personne ».

Méconnaissable, il n'avait plus rien de l'épave que Harry avait ramenée chez lui. Il avait le teint frais et respirait la santé. Il adorait sa chambre et ses livres. Il aurait voulu être dans ce train avec son patron et peut-être avoir l'occasion de lui sauver la vie.

Phil ouvrit la porte, prêt à envoyer promener un gazetier de plus, mais se trouva nez à nez avec le valet de pied du comte, qui lui tendit la lettre et le petit écrin. « Lady Rose m'a demandé de remettre ceci au capitaine Cathcart. »

Phil alla trouver Harry, qui était à sa table de travail, dans le salon.

« De la part de lady Rose », annonça-t-il.

D'un air sombre, Harry considéra la lettre, puis l'écrin. « Merci, Phil. Ce sera tout.

– Bien, patron. »

Phil sortit de la pièce à reculons, comme s'il avait en face de lui un membre de la famille royale.

Harry ouvrit l'écrin. La bague qu'il avait offerte à Rose étincela.

Il brisa le cachet de cire du billet et lut : « Cher capitaine Cathcart, une fois de plus, vous avez montré votre indifférence à mon égard en omettant de m'accompagner hier soir sans même prendre la peine d'envoyer vos excuses. Je mets donc fin à nos fiançailles. C'est mieux pour l'un comme pour l'autre. Je vous prie d'agréer, monsieur, l'expression de mes sentiments distingués, Rose Summer. »

« Qu'elle aille au diable ! s'écria Harry. C'est fini, je ne veux plus souffrir ! »

Daisy monta les marches quatre à quatre, l'*Evening News* à la main. Elle fit irruption dans le boudoir de Rose en criant : « Vous n'allez jamais le croire !

– Que se passe-t-il Daisy ? »

Rose était alanguie dans un fauteuil près de la cheminée.

« C'est le capitaine. C'est un héros. Oh, si seulement ils avaient eu le nom de Becket !

– Faites voir. »

Daisy lui tendit le journal. Rose lut l'article qui vantait la bravoure de Harry avec une horreur croissante.

Elle leva un visage blême vers Daisy. « Je viens

de lui renvoyer sa bague et Matthew Jarvis a fait publier un avis dans le *Times* pour rompre publiquement nos fiançailles.

– Mais pourquoi ? cria Daisy d'une voix perçante.

– Parce qu'il ne m'a pas accompagnée hier soir. J'ai pensé qu'il m'avait snobée.

– Annulez la petite annonce !

– Je ne peux pas, maugréa Rose. Ce qui est fait est fait. C'est mieux ainsi.

– Espèce d'idiote ! s'écria Daisy avec amertume. Espèce de sombre petite idiote. »

Sur quoi elle éclata en sanglots et sortit de la pièce en courant.

La disgrâce de Rose fut beaucoup plus profonde que lorsqu'une photographie d'elle en compagnie des suffragettes avait paru en une du *Daily Mail*. Elle avait éconduit le nouveau héros de l'Angleterre. La petite annonce avait été publiée dans le *Times* et la presse à sensation avait tout de suite flairé la bonne histoire. Les échotiers exhumèrent tout ce qui concernait le meurtre de Dolly. La bonne société commença à faire de vilaines conjectures. Après tout, une personne aussi instable que lady Rose Summer pouvait très bien avoir tué Dolly dans un accès de jalousie.

Daisy était en colère contre Rose. Elle se demandait si elle reverrait jamais Becket. Trois jours plus tard, n'y tenant plus, elle se glissa hors de la maison et prit un cab pour Chelsea.

Quand Becket ouvrit la porte, elle tomba dans ses bras, en larmes.

« Ne pleure pas, je t'en prie, murmura-t-il en l'attirant doucement à l'intérieur. Nous trouverons une solution. »

Rassérénée par un grog au gin, Daisy parvint à articuler, la gorge serrée : « On ne se relève pas d'une telle disgrâce. Certaines personnes vont jusqu'à penser qu'elle pourrait avoir tué Dolly.

– C'est ridicule !

– Je sais, continua Daisy. Seulement, quand on vous traîne dans la boue de cette manière, ça vous colle à la peau. Des invitations ont été annulées. Lady Polly est au bord de l'apoplexie. Pourtant c'est sa faute, c'est elle qui l'a encouragée à rompre les fiançailles, mais bien sûr elle met tout sur le dos de Rose.

– Il est regrettable qu'il n'y ait pas d'autre gentleman dans sa vie, avança Becket.

– Pourquoi ?

– Parce que l'on supposerait qu'elle a laissé tomber le capitaine par amour pour quelqu'un autre.

– Il n'y a que sir Peter et nous savons tous les deux où vont ses préférences, souligna Daisy.

– Ce ne sont peut-être que des rumeurs. Nous pouvons nous tromper.

– Je pense que non.

– Alors peut-être que sir Peter serait d'accord

pour des fiançailles arrangées, fit Becket. S'il préfère réellement les hommes et qu'il se fait prendre, il finira en prison.

– Tu penses que ça pourrait marcher ?

– En tout cas, ça permettrait à mon maître de sauver la face et cela mettrait un terme à la plupart des ragots qui courent sur lady Rose.

– Je vais le lui suggérer.

– Et puis il y a les œuvres de bienfaisance. Les soupes populaires de l'East End. Si elle donnait quelques heures de son temps et que cela revenait aux oreilles des journalistes, elle passerait pour un ange de miséricorde.

– Tu es futé, Becket. Si seulement nous pouvions nous marier.

– Je ne sais pas encore comment, mais nous y arriverons, répondit le majordome. Je ferai tout ce qui est en mon pouvoir pour ça. »

Dès son retour, Daisy livra à Rose les suggestions de Becket. « Cela signifie que je vais devoir demander moi-même à Peter de m'épouser », dit-elle.

Un valet entra. « Sir Peter est ici, Madame.

– Je vais le recevoir. Mes parents sont-ils à la maison ?

– Non, Madame.

– Alors introduisez-le au salon. Venez, Daisy. »

Tandis qu'elles descendaient rejoindre sir Peter, Daisy souffla : « Vous ne pouvez pas lui demander de vous épouser en ma présence.

– Nous prendrons le thé et ensuite je vous demanderai d'aller chercher mon châle. »

Peter vint à leur rencontre. « Vous me voyez terriblement navré, lady Rose, dit-il. Il est injuste que vous soyez tombée en disgrâce pour avoir refusé de maintenir des fiançailles qui vous étaient devenues déplaisantes. Je suis sûr qu'il n'aura échappé à personne que ce malotru vous négligeait honteusement.

– Ça, comme par hasard, tout le monde l'a oublié depuis qu'il est un héros. »

Rose sonna et demanda qu'on serve le thé. Peter causa de tout et de rien jusqu'à ce que la jeune femme lance : « Daisy, allez me chercher mon châle s'il vous plaît. »

Une fois sa dame de compagnie sortie, Rose lâcha de but en blanc : « J'ai souvent envisagé d'épouser le premier venu juste pour avoir mon propre toit.

– Vous pourriez trouver qu'un mari est tyrannique. »

Rose prit une profonde inspiration. « Pas s'il s'agissait de quelqu'un comme vous. »

Peter replaça avec précaution un *crumpet* à moitié grignoté sur son assiette. « Lady Rose, me demandez-vous ma main ?

– Je suppose que oui. Je serai très riche à ma majorité. Je ne me mêlerais pas de vos affaires, ni vous des miennes.

– Ce serait un mariage de pure convenance ?

– Oui.

– Pourquoi ce soudain désir de m'épouser moi et pas un autre ?

– Je n'apprécie personne autant que vous. Si j'annonce nos fiançailles, on pensera que c'est pour vous que j'ai rompu avec le capitaine.

– Tout cela est prodigieusement byzantin. Je n'y vois pas d'objection. Nous sommes amis, après tout. Ah, j'entends vos parents arriver. Je vais de ce pas demander votre main à votre père. »

Lady Polly était à présent de fort bonne humeur. Elle enchaînait les visites, s'ingéniant à rappeler à la bonne société la façon dont Cathcart avait délaissé sa pauvre fille, qu'il n'avait jamais été à ses côtés et qu'il passait son temps à travailler, comme un vulgaire manœuvre. Sa dernière visite lui avait prouvé que les potins avaient pris. « Pauvre lady Rose, se désolait-on désormais. Il est évident qu'elle n'avait pas le choix. »

Lorsque le comte rentra de son club, Brum l'informa que sir Peter Petrey souhaitait s'entretenir avec lui.

– Eh bien ! » s'exclama le comte en échangeant un regard furtif avec lady Polly.

Lorsqu'ils entrèrent dans le salon, sir Peter s'avança vers eux. « Monsieur, madame, j'irai droit au but. Je souhaiterais épouser votre fille.

– Vous avez ma bénédiction, soupira le comte.

Je vous envoie Rose, mais ne vous faites pas trop d'illusions.

– Lady Rose a déjà laissé entendre qu'elle serait heureuse d'accepter ma proposition.

– Splendide ! s'exclama le comte. Nous vous laissons œuvrer. »

Harry fut tellement hors de lui lorsqu'il lut la petite annonce que Becket n'osa pas avouer que l'idée venait de lui.

Au lieu de quoi, il dit avec précaution : « Je crains, monsieur, que lady Rose ne tienne beaucoup à s'établir et qu'elle n'ait vu en sir Peter un homme aimable qui la laisserait mener sa vie comme elle l'entend.

– Qu'elle aille au diable, lança Harry, rageur. Je suis ravi de pouvoir tourner la page. Sur ce, je vais voir Kerridge. »

À Scotland Yard, l'inspecteur considéra Harry avec compassion. « C'est votre faute, dit-il. Vous l'avez réellement négligée. »

Harry haussa les épaules. « Autant vous le dire maintenant. Ces fiançailles n'étaient rien de plus qu'un arrangement pour éviter qu'elle ne soit expédiée aux Indes.

– Quel dommage, fit Kerridge. J'ai toujours pensé que vous étiez faits l'un pour l'autre. En tout cas, voilà qui sonne la fin de ses activités de détective. Au moins, elle ne se fourrera plus dans le pétrin. »

Au cours des semaines suivantes, sûre d'avoir pris la bonne décision, Rose se sentit apaisée. Peter était aux petits soins pour elle et se révélait un compagnon agréable et facile à vivre. Pourtant, au fond d'elle subsistait une pointe de chagrin qu'elle mit sur le compte du regret qu'elle éprouvait de ne plus enquêter aux côtés de Harry et de Becket.

Un matin, elle se rendit compte que cela faisait plusieurs jours qu'elle n'était pas allée voir Miss Friendly. Se sentant coupable, elle monta à la salle de couture et tomba en arrêt devant la porte. Miss Friendly chantonnait d'une voix fluette et haut perchée :

« Sous un châtaignier à l'imposant ramage,
Se dresse fièrement la forge du village ;
Tenue par un gaillard d'allure vigoureuse,
Aux larges mains, puissantes et nerveuses ;
Et aux biceps saillants durs comme le fer
Qui manie le marteau avec savoir-faire. »

Rose poussa la porte et entra. « Je vous ai entendue chanter. J'en déduis que vous êtes toujours heureuse avec nous, Miss Friendly ?

– Tellement heureuse, lady Rose. C'est amusant, je viens de me rappeler que Roger, le fils du forgeron, fredonnait souvent cette chanson. À l'origine, il s'agit d'un poème de Henry Longfellow. Roger avait une si jolie voix.

– Si seulement je savais où il se trouve en ce moment, soupira Rose. À quoi travaillez-vous ? »

Miss Friendly rougit. « Je suis navrée de vous apprendre que je suis en train de travailler pour moi. J'ai pris du poids, alors j'élargis une de mes robes. »

– Vous aviez bien besoin de recouvrer des forces », dit Rose en riant. Puis elle ajouta : « Avez-vous déjà pris part à des œuvres de bienfaisance ?

– Quand papa était en vie, j'avais l'habitude de visiter les nécessiteux du village. Il y en avait tellement. Je leur donnais la nourriture que nous avions pu mettre de côté.

– Miss Levine a suggéré que je prête main-forte aux soupes populaires de l'East End. Peut-être aimeriez-vous vous joindre à moi ?

– Volontiers. Faire le bien est très gratifiant.

– Alors je vous préviendrai quand nous nous mettrons en route. »

Rose redescendit l'escalier et prévint Daisy que Miss Friendly les accompagnerait à la soupe populaire. Pour Daisy, une excursion dans l'East End équivalait à un voyage dans le passé qu'elle répugnait à entreprendre.

« Miss Friendly se souvient d'autre chose à propos de Dolly ? demanda-t-elle.

– Non, mais elle m'a appris que Roger Dallow chante très bien. »

Une lueur brilla dans les yeux verts de Daisy. « Si j'étais fils de forgeron avec un beau brin de voix, et que j'avais abattu assez de dur labeur pour une vie entière, je tenterais ma chance dans le music-hall.

– Je n'y avais pas songé. Par où commencer ? Il y a tellement de théâtres à Londres.

– Je pourrais sortir acheter un programme. On en trouve à Covent Garden, en face du Théâtre royal.

– Vous pensez qu'il pourrait se produire là-bas ?

– C'est possible.

– Eh bien allons-y dès maintenant. Je n'ai rien de prévu avant ce soir. »

Elles se firent conduire à Covent Garden dans l'un des attelages du comte. Rose patienta pendant que Daisy achetait un programme. Celle-ci réapparut, très contente d'elle : « Ça ne coûte plus qu'un penny de nos jours.

– Allons prendre le thé chez Swan & Edgar. Nous pourrons examiner ce programme et commenter les chapeaux des dames. »

Swan & Edgar, un grand magasin de Piccadilly Circus, était célèbre pour ses thés. Il s'enorgueillissait également d'un orchestre qui divertissait les clients.

« Maintenant, dit Daisy, voyons si l'on trouve le fameux Roger là-dedans. »

Rose se cala sur sa chaise et écouta les accords sirupeux de l'orchestre qui interprétait « Pauvre hère errant », tiré des *Pirates de Penzance*. Harry pensait-il parfois à elle ?

« Là ! j'ai quelque chose ! s'exclama Daisy. Pas de Roger Dallow, mais un certain Sam Duval qui se produit au Fulham Palace Music Hall sous un nom de scène : le Forgeron chantant.

– J'aurais aimé y aller ce soir, mais nous sommes invitées à dîner chez les Pocington.

– Vous pourriez avoir la migraine, suggéra Daisy. »

Rose sourit. « En effet. Mes parents sont si heureux que je sois convenablement fiancée qu'ils ne verront aucun inconvénient à ce que je ne sois pas des leurs ce soir. À la minute où ils partiront, nous prendrons un cab pour le Fulham Palace. »

Daisy était excitée comme une puce. Si elles découvraient quelque chose, Rose voudrait sûrement en parler à Harry et Kerridge.

Une fois dans le cab ce soir-là, Daisy se tortilla pour regarder par la lunette arrière.

« Qu'y a-t-il ? s'enquit Rose.

– C'est curieux. J'ai cru voir deux hommes faire le pied de grue sous les arbres en face de la maison.

– Étrange… Il y a quelque temps, j'ai aperçu Cyril Banks et lord Berrow qui semblaient faire le guet sur la place.

– Si seulement vous étiez encore fiancée au capitaine, dit Daisy, soucieuse. Il leur aurait demandé des explications et leur aurait fichu une bonne frousse.

– Je suis sûre que sir Peter le ferait si je le lui demandais.

– Il n'est pas assez intimidant, protesta Daisy. Contrairement au capitaine.

– Oh, arrêtez donc avec le capitaine Cathcart. J'ai tourné la page…

– Si vous le dites », maugréa Daisy, boudeuse.

Au Fulham Palace Music Hall, elles furent obligées de louer une loge, car tous les fauteuils étaient déjà réservés.

Albert Chevalier, célèbre pour sa chanson « Ma bonne vieille poupée », devait faire une apparition.

Fébrile, Rose ne tenait pas en place, Daisy quant à elle poussa un soupir sentimental quand la vedette de la soirée entonna :

« *Ça fait quarante ans qu'on est à la colle,*
Et je suis loin d'en avoir ras l'bol ;
Y'a pas une donzelle dans le quartier
Pour qui j'lâcherais ma bonne vieille poupée. »

Vinrent ensuite les numéros comiques, les jongleurs, un prestidigitateur, puis une femme corsetée à la silhouette imposante qui conclut la première partie du spectacle en chantant « J'ai rêvé que j'habitais un palais de marbre ». Après quoi ce fut l'entracte.

Rose vit plusieurs spectateurs lever les yeux vers

la loge et baissa son voile. Mais Daisy, qui s'était elle-même produite sur les planches, était fascinée.

La deuxième partie s'ouvrit avec un dresseur de chiens. Rose retint un bâillement. Enfin, ce fut le tour de Sam Duval. C'était un homme exceptionnellement séduisant, aux cheveux bruns bouclés et à la stature herculéenne. Il était habillé en forgeron et se tenait à côté d'une enclume en carton-pâte, contemplant une cage à oiseaux vide posée sur une table devant la rampe lumineuse. Il chantait d'une voix de ténor cristalline :

« *Elle n'est qu'une oiselle*
Dans une cage dorée,
Une jolie demoiselle,
Que l'on croirait comblée.
Libérée des soucis, par Dieu, l'est-elle ?
Mais bien sûr que non,
Sa chance n'est qu'illusion.
Quelle mauvaise fortune pour elle
De voir ainsi sa courte vie gâchée,
Car jeunesse et vieillesse ne riment que sur le papier,
Or sa somptueuse beauté a été troquée
Contre l'or d'un vieux toqué,
L'oiselle dans sa cage dorée. »

Il chantait avec des trémolos dans la voix. Lorsqu'il eut terminé, il y eut un bref silence, puis un tonnerre d'applaudissements. Daisy applaudit à en avoir mal aux mains. Elle donna un petit coup de coude à Rose. « Je suis sûre que c'est lui. Allons l'attendre à l'entrée des artistes. »

Devant le théâtre, le trottoir brillant de givre étincelait sous les bégaiements des becs de gaz. Les deux jeunes femmes gagnèrent le côté du bâtiment.

Rose présenta sa carte de visite au portier. « Suivez-moi », dit-il avec un clin d'œil. Mon Dieu, pensa Rose. Il me prend pour une admiratrice transie d'amour.

Elles suivirent leur guide dans un escalier étroit, puis le long d'un couloir. « C'est là », annonça-t-il, avec un geste brusque de la main. Sur quoi il tourna les talons.

« Eh bien, allons-y », dit Daisy. Elle toqua à la porte et une voix lança : « Entrez. »

Elles pénétrèrent dans une petite loge qui empestait le chien. Le Forgeron chantant était assis devant un miroir.

Il fixa leur reflet du regard. « Qui êtes-vous ? »

Rose s'avança. « Je suis lady Rose Summer et voici Miss Levine. Êtes-vous Roger Dallow ?

– En quoi ça vous regarde ?

– J'ai brièvement été l'amie de Miss Dolly Tremaine. J'essaie de découvrir ce qui lui est arrivé. »

Il se retourna. « Je me souviens de votre nom maintenant. Les journaux ont parlé de vous.

– Miss Tremaine avait-elle prévu de vous rejoindre ?

– Oui, c'est ce qu'elle m'a dit dans un mot qu'elle a laissé tomber depuis sa fenêtre. Elle voulait partir parce qu'ils la forçaient à épouser un vieux barbon. Elle me donnait rendez-vous le lendemain près du Shaftesbury Memorial à Piccadilly à quatre heures de l'après-midi. J'y suis allé et j'ai attendu pendant des heures, mais elle n'est pas venue. Puis les crieurs de journaux ont annoncé qu'il y avait eu un meurtre. J'ai acheté le journal. Je ne sais pas très bien lire, mais suffisamment pour comprendre qu'elle avait été tuée.

– Avait-elle peur de quelqu'un ? demanda Rose.

– Je n'avais plus le droit de m'approcher d'elle au village. Un jaseur est allé raconter qu'il nous avait vus ensemble. Mon père m'a fichu une sacrée raclée. Il ne me serait pas venu à l'idée de m'enfuir si je n'avais pas appris que Dolly avait été emmenée à Londres. Je ne gagne pas grand-chose ici, mais ça nous aurait suffi pour mener une vie simple. » Il enfouit son visage dans ses mains. « Je l'aimais.

– La police vous recherche, fit Rose. Puis-je leur dire que nous vous avons trouvé ?

– Non ! cria-t-il. Je n'ai rien à voir avec cette histoire, mais si la police vient m'interroger, innocent ou pas, je perdrai mon travail.

– D'où vient cette odeur infecte ? coupa Daisy en fronçant le nez.

– Je suis obligé de partager la loge avec le dresseur de chiens. Il est parti les promener.

– Vous n'avez vraiment aucune idée de qui peut avoir tué Dolly ? insista Rose.

– Qui aurait pu lui vouloir du mal à part ce lord

Berrow ? Il est peut-être devenu fou quand elle lui a dit qu'elle ne l'épouserait pas.

– Elle n'a sans doute pas eu d'autre choix que d'accepter sa demande, fit observer Rose.

– On a essayé de vous tuer, n'est-ce pas ? demanda Roger.

– Oui, d'après la police, ce serait un tueur à gages. Ne vous inquiétez pas, je ne parlerai de vous à personne. »

La porte de la loge s'ouvrit et une jolie danseuse de revue entra. « C'est bientôt le rappel, mon chou ». Elle se jucha sur les genoux de Roger et lui donna un baiser enthousiaste. Le Forgeron chantant lança un regard penaud à Rose.

« Qui c'est ? demanda la danseuse.

– Personne », répondit Roger.

Rose et Daisy prirent congé.

« Eh bien, pour l'amour éternel, on repassera, dit Rose. Il n'a pas perdu de temps.

– Ça fait des mois que Dolly a été tuée, souligna Daisy, toujours pragmatique. La vie continue. »

Sur le chemin du retour, Rose broyait du noir. Jusque-là, elle n'avait jamais songé que Harry pourrait tomber amoureux et se marier. Cette idée l'accablait.

Daisy la tira de ses pensées. « Vous allez parler de Roger au capitaine ?

– Non.

– Ça pourrait être lui le coupable.

– Il n'a pas assez d'argent pour payer un assassin. Pas un mot à Becket.

– Croix de bois, croix de fer, si je mens je vais en enfer. »

Harry se trouvait à quelques portes de la demeure des Hadfield. Il était en visite chez des clients, pour faire son rapport et leur assurer qu'il était parvenu à étouffer le scandale qui les menaçait.

En partant, il s'arrêta net sur le perron. Deux hommes observaient la demeure du comte. En apercevant Harry, ils s'éloignèrent.

Berrow et Banks, pensa-t-il. Pourquoi épier Rose ? Je n'aime pas ça du tout.

Les deux hommes battaient en retraite d'un pas pressé, mais il les rattrapa. « Stop ! cria-t-il. Pourquoi surveillez-vous la maison du comte de Hadfield ? »

Cyril le dévisagea effrontément. « Nous fumions un cigare, rien de plus.

– C'est faux.

– Voyez-vous cela, éructa Berrow, approchant sa face épaisse et rubiconde de celle de Harry. Espèce d'insolent margoulin ! Traître à votre classe ! Comment osez-vous me questionner !

– Je vous avertis, riposta Harry, que si je vous prends encore à rôder par ici, vous aurez droit à une bonne leçon. Et si vous avez quoi que ce soit à voir avec le meurtre de Dolly Tremaine, je le découvrirai. »

Les deux tristes sires tournèrent les talons et quittèrent les lieux en hâte.

« C'est lui qui mérite une bonne leçon, grogna Berrow. Tu as vu l'auto qu'il s'est payée ? Il gagne une fortune avec son sordide petit commerce. J'aimerais prendre ma revanche. Tu es sûr que lady Rose en pince pour toi ? Parce qu'elle vient de se fiancer à Peter Petrey.

– Petrey est une chouquette, tout le monde sait ça. Lady Rose n'arrête pas de me tourner autour, c'est moi qui te le dis. Pense à sa fortune. Et imagine, mettre la reine de glace dans mon lit ! Pour ça, il faut d'abord que je me débarrasse de Petrey et ça tombe bien, j'ai une idée. »

Deux jours plus tard, sir Peter Petrey quittait Le Club, un club de gentlemen jugé moins vieux jeu que les célèbres White's ou Brook's. Un brouillard jaunâtre enserrait Londres, tellement épais qu'il brûlait les poumons et occultait tout point de repère. Même s'il réussissait à attraper un cab, Peter mettrait un temps fou à rentrer chez lui.

On était en fin d'après-midi et il se rendit compte qu'il devait hâter le pas s'il voulait avoir le temps de se changer pour accompagner Rose à son dîner.

Il bouscula quelqu'un dans le brouillard. « Désolé, dit-il.

– Je vous en prie. Quel temps de chien, répondit une voix qui sonnait jeune. Savez-vous où se trouve Charles Street ?

– C'est justement là que je vais. Suivez-moi. »

Les deux hommes poursuivirent leur chemin ensemble. Comme ils passaient devant une vitrine éclairée, le brouillard tourbillonna et se dispersa un instant. Peter jeta un coup d'œil à son compagnon et eut le souffle coupé. Le visage qu'il avait devant lui était celui d'un ange : des cheveux blond doré qui brillaient sous un chapeau en soie, de grands yeux profonds, une peau sans défaut et une bouche pareille à l'arc de Cupidon.

« Vous êtes en visite à Londres ? s'enquit Peter.

– Non, j'habite ici. Je me rends chez des amis. Vous êtes bien aimable de m'accompagner, monsieur.

– Peter Petrey. Et vous êtes ?

– Jonathan Wilks.

– Je ne suis pas mécontent d'avoir de la compagnie par un temps pareil, Mr Wilks.

– Appelez-moi Jonathan, comme tout le monde. »

Ils discutèrent des pièces qu'ils avaient vues et des poèmes qu'ils avaient lus. Peter commença à oublier le brouillard. Il se sentait comme dans une bulle dorée au côté de cet éblouissant éphèbe.

Le jeune homme s'arrêta un peu avant la demeure de Peter. « C'est ici que je vous quitte, annonça-t-il.

– Voici ma carte, dit Peter. Passez me voir à l'occasion. Allez-y, j'attends de voir que vous êtes entré sain et sauf. »

Jonathan frappa à la porte. Puis il redescendit les marches du perron. « Apparemment ils ne sont pas chez eux. J'ai dû me tromper de jour. Nous sommes bien vendredi ?

– Non, jeudi.

– Oh là là, quelle cervelle de moineau je fais !

– Eh bien, venez chez moi, nous boirons un verre de sherry pendant que je me change pour le dîner. »

Quand Peter arriva, un peu en retard et essoufflé, Rose remarqua qu'il semblait briller d'un éclat intérieur. Seigneur, pensa-t-elle, j'espère que je ne me suis pas trompée sur lui. Il a l'air amoureux.

Peter redoubla de verve au cours du dîner. Il plaisantait et racontait les derniers potins pour le plus grand bonheur des convives.

Perspicace, Daisy l'observait avec appréhension. J'espère que c'est Rose qui a fait naître cette nouvelle étincelle en lui, songea-t-elle. Et surtout que ce n'est pas quelqu'un qui ne le devrait pas.

L'inquiétude de Daisy s'accrut quand, après le dîner, elle entendit Peter annoncer à Rose qu'il s'absenterait le vendredi et ne serait de retour que le lundi suivant.

« Où allez-vous ? s'enquit Rose. Un endroit plaisant ?

– Je rends simplement visite à des amis.

– Vous manquerez le bal de demain.

– Oh, zut ! Pouvez-vous trouver un autre cavalier ? Le capitaine Cathcart peut-être ? »

Rose haussa les sourcils, éberluée. « Avez-vous oublié que j'ai rompu mes fiançailles avec le capitaine et que je me suis engagée auprès de vous ?

– Non, bien sûr, ma douce. Il est simplement indispensable que je quitte Londres ce vendredi.

– Que pouvez-vous avoir à faire de si important ? »

Peter émit un rire qui sonnait faux : « Vous parlez déjà comme une épouse. Ah, lady Simpson me cherche. »

Sur quoi il lui faussa compagnie.

Daisy rejoignit Rose. « J'ai tout entendu.

– Voilà qui est étrange, commenta Rose. Pas plus tard qu'hier, il semblait ravi de passer du temps avec moi.

– Espérons qu'il ne soit pas ravi de passer du temps avec quelqu'un d'autre. »

Le lendemain, Peter et Jonathan prirent la route d'Oxford. Le brouillard s'était levé, mais le givre avait pris le relais. Ils se promenèrent le long de la rivière gelée au-dessus de laquelle pendaient quelques feuilles couvertes de givre, qui étincelaient tels des rubis sous le soleil flamboyant. De plus en plus entiché, Peter ne cessait de lui jeter des coups d'œil. Ses grands yeux, qu'il avait distingués pour la première fois dans le brouillard londonien, étaient verts et pailletés d'or. Ses épais cils noirs avaient une courbure parfaite. Il portait un chapeau à large bord qui, penché sur ses boucles blondes, lui donnait l'air canaille.

Peter le considérait comme trop parfait pour entretenir des pensées charnelles à son égard. Ses aventures sexuelles avaient jusqu'ici été bien peu nombreuses et il avait soigneusement évité la maison close de Westminster qui s'adressait aux goûts tels que les siens. Il était crucial de faire preuve de la plus grande discrétion. Se faire prendre signifiait la prison et les travaux forcés.

Ce soir-là, ils dînèrent agréablement au Rose and Crown. Quand ils eurent terminé, Peter se tamponna la bouche avec sa serviette. « Et maintenant, que faisons-nous ? »

Jonathan se pencha et darda sur lui un regard lumineux. « Je connais un endroit à Oxford où nous pourrions finir la soirée… ensemble. C'est loin d'être un palace, mais pour ce que nous aurions à y faire, ce serait suffisant.

La bouche soudain sèche, Peter bafouilla : « V-vous n-ne pouvez p-pas vouloir dire… » Ces lèvres séduisantes lui sourirent avec désinvolture.

« Si, c'est exactement ce que je veux dire. »

Pendant ce temps, au bal, Rose faisait tapisserie. Maintenant qu'elle était fiancée à Peter et semblait heureuse avec lui, les coureurs de dot la laissaient en paix.

La danse suivante, une valse, fut annoncée. Elle

consulta son carnet de bal. Rien, ni pour celle d'après, et ensuite, quelques danses avec des amis de son père, des messieurs d'un certain âge.

Elle leva les yeux et vit Harry qui s'inclinait devant elle. « Lady Rose, me ferez-vous l'honneur ? »

Ils se mêlèrent aux autres danseurs. « Avez-vous découvert quelque chose sur la mort de Dolly ? l'interrogea Rose.

– Rien, je le crains. Et vous ? »

Rose pensa à Roger mais choisit de garder le silence. Elle secoua la tête.

« Où est votre fiancé ce soir ?

– Parti voir des amis.

– Ça ne lui ressemble pas du tout. Je pensais qu'il serait un cavalier dévoué.

– Il l'est habituellement.

– Vous êtes sûre de vouloir aller jusqu'au bout avec ce mariage ? Vous ne voulez pas d'enfants ?

– Je ne vois pas ce que vous voulez dire.

– Daisy m'a pourtant affirmé que vous saviez exactement à quoi vous en tenir. Peter n'est pas intéressé par le beau sexe.

– Vous n'avez aucune preuve de ce que vous avancez, répliqua Rose, les joues en feu. De toute façon, tout ce que je veux, c'est un mariage de convenance. Ainsi j'aurai mon propre foyer et je serai libre. Cela étant, je vous dois des excuses. Je n'ai découvert qu'après coup que vous aviez agi en héros lors de ce terrible accident de train.

– J'ai trouvé Berrow et Banks qui faisaient le guet en bas de chez vous. Je les ai dissuadés de recommencer. Savez-vous ce qu'ils mijotent ?

– Pas du tout.

– Quand nous étions prétendument fiancés, au moins j'avais le sentiment de pouvoir vous protéger.

– Quelle blague ! Vous n'étiez jamais là !

– Je pourrais changer, marmotta-t-il.

– Qu'avez-vous dit ? » demanda Rose, mais la valse était terminée et un vieux monsieur attendait son tour.

Cette danse lui parut interminable. Elle était impatiente de reprendre sa conversation avec Harry, se demandant s'il avait vraiment dit qu'il pouvait changer et ce qu'il entendait par là.

Une fois la danse finie, elle balaya la salle des yeux, mais Harry n'était plus là.

Peter et Jonathan étaient allongés côte à côte, nus, dans une chambre d'un hôtel miteux du quartier de Jericho. Jonathan fumait une cigarette russe et exhalait des ronds de fumée vers le plafond.

« C'était magnifique, articula Peter avec émotion.

– Ça pourrait être encore plus excitant. » Jonathan écrasa sa cigarette et ramassa quelque chose de son côté du lit. Il exhiba un masque en cuir. « Avec ça sur le visage, je t'émoustillerai encore plus.

– Je suis amoureux de toi, protesta Peter d'une voix étouffée. Je n'ai pas besoin de jouer à des jeux idiots.

– Tu vas adorer. Regarde ! » Jonathan mit le masque et prit Peter dans ses bras. « Fais-moi plaisir. » Puis il cria : « Ça y est ! »

La porte de la chambre s'ouvrit brusquement et un flash au magnésium aveugla Peter. L'homme qui tenait l'appareil photographique était masqué lui aussi. Il aboya à Jonathan : « Tu as fait ta part. Maintenant fiche le camp. »

Jonathan ramassa ses vêtements et quitta la chambre en hâte. Peter s'extirpa avec peine du lit et se rua jusqu'à la porte, qui lui fut claquée en pleine figure. Il s'habilla précipitamment et descendit l'escalier en courant pour gagner la rue.

Il jeta des regards désespérés autour de lui. Personne. Il revint à l'hôtel. « Qui était cet homme avec l'appareil photo ? » interrogea-t-il.

Le réceptionniste le regarda avec des yeux atones. « Je n'ai vu personne.

– Vous mentez », hurla Peter.

L'homme lui adressa un sourire. « Ne vous gênez pas, appelez la police.

– C'est ce que je vais faire », dit Peter avec tristesse, sachant pertinemment que c'était impossible.

Il supposa que la personne qui avait pris ce cliché, quelle qu'elle soit, voulait le faire chanter. Puis il pensa au détective Harry Cathcart, célèbre pour son habileté à enterrer les scandales. Le dénoncerait-il à la police ?

C'était ça ou le suicide.

Harry passait la fin de la semaine chez son père, le baron Derrington, une obligation qu'il repoussait depuis des lustres. Peter eut donc amplement le temps de se ronger les sangs.

Quand le capitaine arriva à son bureau le lundi matin, Peter l'y attendait.

« Comment puis-je vous aider, sir Peter ? s'enquit Harry.

– Je pourrais vous parler en privé ? »

Peter jeta un coup d'œil nerveux vers la secrétaire, Ailsa.

« Bien sûr. Venez dans mon bureau. » Harry lança un regard perspicace à Peter, qui tremblait et suait à grosses gouttes, et lança à sa secrétaire : « Miss Bridge, pourriez-vous aller m'acheter des chocolats chez Fortnum & Mason s'il vous plaît ? Une grande boîte. Prenez de l'argent dans la petite caisse.

– Certainement, Monsieur. »

Une fois dans son bureau, Harry intima le silence d'un geste de la main jusqu'à ce qu'ils entendent Ailsa sortir.

« Voilà, sir Peter, maintenant, je vous écoute.

– Vous allez me mépriser !

– Sir Peter, je connais tellement de secrets des

plus choquants que rien de ce que vous pourrez me dire ne m'étonnera. »

Aussi, d'une voix tremblante, Peter lui parla de Jonathan et de la façon dont le jeune homme l'avait piégé. « Pensez-vous qu'ils me feront chanter ? conclut-il.

– Probablement. À moins que... »

Le téléphone sonna. « Je vous prie de m'excuser. » Une voix nasillarde se fit entendre à l'autre bout du fil. « J'arrive aussi vite que possible », fit Harry

« Je crains, dit-il à sir Peter, que le cliché ne soit déjà parvenu à lord Hadfield.

– Je suis fini, sanglota Peter.

– Je vais m'assurer que lord Hadfield ne souffle mot de tout cela. Il faut que je récupère la photo et le négatif.

– Comment allez-vous faire ? gémit Peter. Je ne sais même pas qui sont ces gens. »

Harry repensa à Berrow et Banks rôdant sur la place devant chez Rose.

« Rentrez chez vous. Ne parlez à personne. N'ouvrez pas la porte. Je passerai vous voir plus tard. Je frapperai trois coups et ensuite deux, ainsi vous saurez que c'est moi. »

7

> « Le directeur était très à cheval
> Sur les principes et sur le règlement,
> Du point de vue du corps médical
> La mort s'expliquait scientifiquement
> Et deux fois par jour, l'aumônier passait,
> Ne manquant pas de semer ses pamphlets. »
>
> Oscar Wilde

Rose se demandait ce qui pouvait bien se passer. Son père avait posé son journal pour lire le courrier du matin. Il avait décacheté une grande enveloppe, en avait sorti une photographie, qu'il avait scrutée avec des yeux ronds avant de la remettre dans l'enveloppe et de crier : « Allez me chercher Cathcart ! Immédiatement ! »

Tout en se demandant ce qui pouvait bien figurer sur ce cliché, Rose ressentit une vague de plaisir à l'idée qu'elle allait peut-être revoir Harry.

« Que se passe-t-il ? demanda-t-elle à sa mère.

– Je l'ignore, répondit lady Polly, mais quel que soit le problème, ton père saura le régler. Finis ton petit déjeuner.

– Odieux pervers, marmotta le comte.

– Qu'avez-vous dit ? s'enquit Rose.

– Hein, quoi ? Rien, je disais “maudits journaux”. »

Rose n'avait jamais vu son père aussi contrarié. Il était écarlate. « Un mot en privé, ma chère », glissa-t-il à sa femme.

Rose et Daisy continuèrent de manger du bout des dents. Puis Rose entendit sa mère hurler.

Les deux jeunes femmes se ruèrent dans le bureau. « Sortez d'ici ! aboya le comte. Allez dans vos chambres et n'en sortez pas avant que je vous y autorise ! »

Elles montèrent à l'étage et se postèrent devant une fenêtre. Le capitaine arriva, sans son majordome.

« Que se passe-t-il encore ? » s'exclama Rose.

Daisy haussa les épaules avec tristesse. Elle s'était attendue à voir Becket.

Harry examina la photographie. « C'est vicieux, dit-il. On a tendu un piège à sir Peter.

– On ne tombe pas dans ce genre de piège à moins d'être un… un…

– Effectivement, répondit Harry. Me donnez-vous carte blanche ? Je pense être à même de récupérer le négatif et les différents tirages. Petrey ira à l'étranger pendant un certain temps et tout sera oublié.

– Rose va devoir annuler ses fiançailles !

– Pas tout de suite. J'ai le sentiment que c'est justement ce qu'on voulait la pousser à faire. Laissez-moi m'en occuper.

– Tarif habituel ? interrogea le comte d'un air sombre.

– Non, vous pouvez considérer que mon enquête est un cadeau, parce que ce sera un plaisir de régler son compte au coupable.

– Que dire à Rose ? demanda lady Polly.

– Je pense que votre fille est au courant des préférences de Peter.

– Quoi ?

– Certes elle ne s'imagine sans doute pas que des hommes ont des relations sexuelles...

– Pas devant une femme, gronda le comte.

– Elle doit penser qu'il s'agit d'amour platonique. Elle avait besoin d'un mariage arrangé.

– Pourquoi cela ?

– Parce qu'elle ne veut pas aller aux Indes. Si vous la menacez de l'y expédier, elle trouvera quelqu'un d'autre. »

Le comte s'épongea le front.

« Et moi qui pensais que vous étiez la pire chose qui pouvait lui arriver.

– Merci du compliment. Maintenant, laissez-moi faire. »

Harry ne retourna pas à son bureau, mais rentra directement chez lui, à Chelsea, pour demander conseil à Becket. Il parla à son majordome de la photographie compromettante. « Connaissez-vous quoi que ce soit au milieu homosexuel, Becket ?

– J'ai eu vent d'un lupanar à Westminster que personne n'est censé connaître. Qui soupçonnez-vous, monsieur ?

– Berrow et Banks.

– Peut-être ont-ils soudoyé un jeune homme qui fréquente cet établissement.

– Je suis sûr que ce n'est pas le genre d'endroit où l'on trouve facilement des informations. Comment se fait-il qu'il n'y ait jamais eu de descente de police ?

– Il est possible que des personnes haut placées le fréquentent.

– Où se situe-t-il exactement ?

– Dans Verney Street. J'ai entendu des domestiques en parler.

– J'irai ce soir pour observer les allées et venues. Mais il faut d'abord que je passe voir Petrey. »

Harry se rendit chez Peter Petrey et toqua à la porte selon le code convenu. Petrey ouvrit lui-même, l'air hagard.

Harry le suivit à l'intérieur. Il s'assit et retira son chapeau. « Voilà où nous en sommes : vos fiançailles avec lady Rose sont toujours d'actualité. Vous allez inventer une histoire de tante à l'agonie dans le sud de la France. Vous écrirez à lady Rose que vous êtes obligé de quitter le pays sur-le-champ. Je pense que le but de ce traquenard était de pousser lady Rose à rompre vos fiançailles. Nous ne leur offrirons pas cette satisfaction. En tout cas, pas tout de suite. Donnez-moi une description précise de ce Jonathan Wilkes.

– Il est très beau – jeune, les cheveux blonds et de grands yeux verts pailletés d'or. Assez grand, très fin. Il a la peau claire et sans défaut. Croyez-moi, il ne peut pas y avoir beaucoup de jeunes gens aussi séduisants que lui à Londres.

– Je m'en occupe. »

Ce soir-là, après le passage des falotiers, Harry gagna Westminster à pied. Il fut soulagé de constater que Verney Street n'était pas longue. Il se cacha dans l'embrasure d'une porte pour faire le guet.

Au début, il n'aurait pu dire laquelle des bâtisses abritait le lupanar mais, la soirée avançant, il vit qu'une maison au milieu de la rue recevait la visite d'hommes qui jetaient des regards nerveux à droite et à gauche avant de se dépêcher d'entrer. Il fut stupéfait de reconnaître un général de division et un membre du Parlement. Il attendit patiemment son heure tandis que la nuit s'étirait. Minuit sonna. Le fond de l'air était frais et il regrettait de ne pas avoir enfilé un manteau plus chaud. Sa vieille blessure de guerre commençait à se réveiller. Vers deux heures du matin, alors qu'il était sur le point d'abandonner, il vit un jeune homme émerger de la maison close. Avant qu'il n'enfonce son chapeau sur ses cheveux bouclés, ils brillèrent d'un éclat doré dans la lumière du réverbère.

Le jeune homme se mit en route d'un bon pas et Harry le prit en filature. Il gagna la partie la plus sordide de Westminster et disparut dans un immeuble de rapport.

Harry s'approcha, frotta une allumette et examina les noms à côté des sonnettes.

Jonathan Wilkes vivait au dernier étage. Bonté divine, pensa Harry, il a utilisé son vrai nom.

Il sortit un jeu de crochets et s'affaira autour de la serrure jusqu'à ce qu'elle cède.

Il monta l'escalier sur la pointe des pieds jusqu'au dernier étage. Le nom de « Wilkes » était tracé au crayon à papier à côté de la porte, à même le mur à la peinture écaillée.

Harry frappa. « Qui est-ce ? » entendit-il.

Tentant le tout pour le tout, il cria : « Banks ! »

La porte s'ouvrit, Harry poussa Jonathan à l'intérieur, le jeune homme trébucha et tomba par terre. Harry le saisit par les revers de son col et le jeta brusquement dans un fauteuil.

« Maintenant, tonna-t-il, avant que j'abîme définitivement ce joli minois, dites-moi qui vous a payé pour piéger sir Peter Petrey.

– Je ne sais pas de quoi vous parlez. »

Harry le sortit violemment du fauteuil et leva le poing.

« Non ! cria Jonathan. Je vais tout vous dire. Ce

ne devait être qu'une blague. Je devais faire semblant de le bousculer. Ensuite, quand nous avons organisé une virée à Oxford, ils ont dit qu'ils nous réserveraient une chambre d'hôtel. Ils m'ont aussi donné un masque en cuir. Il fallait que je les prévienne quand je l'aurais mis et ils s'occuperaient du reste.

– Et qui sont ces “ils” ? »

Jonathan baissa la tête. « Lord Berrow et Cyril Banks », murmura-t-il. Puis il se mit à pleurer, suppliant entre deux sanglots : « Ne me faites pas de mal.

– Vous m'avez donné ce que je voulais. Un conseil. Oubliez ce qui s'est passé ou je m'occupe de votre cas. Me suis-je bien fait comprendre ?

– O-oui.

– Trouvez-vous un protecteur et quittez ce bouge, ou vous serez un débris rongé par la maladie avant trente ans. Sur ce, bonne nuit !

– Attendez ! Où est Peter ?

– Ce ne sont pas vos affaires. »

Harry marcha jusqu'à ce qu'il trouve un cab et donna au cocher l'adresse de Cyril Banks.

Une fois arrivé, il régla la course et attendit que le cocher soit parti. Puis il sortit ses outils et crocheta la porte d'entrée.

Il monta en silence l'escalier garni d'un épais tapis, puis ouvrit les portes l'une après l'autre, jusqu'à tomber sur la chambre de Cyril. Le capitaine alluma la lampe à gaz et observa le gredin endormi. Il dut se retenir de lui mettre son poing dans la figure. En balayant la pièce du regard, il aperçut une bouteille de laudanum et une cuillère posées sur la table de chevet. Cyril était plongé dans un profond sommeil artificiel.

Harry était certain que Banks n'avait pas caché le négatif bien loin. Il y avait un coffre-fort dans un coin de la chambre, un vieux modèle qui s'ouvrait avec une clef et non par une combinaison. Un trousseau était posé sur une console. Harry essaya chacune des clefs, jusqu'à trouver la bonne.

À l'intérieur du coffre, il trouva un appareil photographique Kodak. Il examina la petite fenêtre qui laissait voir le film, mais la pellicule avait déjà été retirée. Il fouilla à nouveau et découvrit une enveloppe, qui contenait le négatif et un tirage. Il les fourra dans la poche intérieure de son manteau et referma le coffre.

Ensuite, il gagna Charles Street à pied et toqua à la porte de la manière convenue. Cette fois encore, ce fut Peter qui ouvrit. Il était habillé et son visage portait les stigmates de ses larmes.

« J'ai un cliché et le négatif, annonça Harry.

– Oh, Dieu soit loué ! Qui m'a fait ça ?

– Cyril Banks et lord Berrow.

– Mais pourquoi ? Pourquoi moi ?

– Comme je vous l'ai dit, je pense que leur intention était d'inciter lady Rose à rompre vos fiançailles. Je vous suggère de réveiller votre majordome et de faire vos bagages. Partez dès demain. Où comptez-vous aller ?

– Dans le sud de la France, où je suis censé me trouver au chevet de ma tante agonisante.

– Restez-y quelques mois et cette histoire sera oubliée.

– Et pour Berrow et Banks ?

– Ne craignez rien. J'en fais mon affaire. »

Jonathan Wilkes émergea d'un sommeil agité. Il se vêtit et jeta un coup d'œil par la fenêtre. Lord Berrow et Cyril Banks venaient d'apparaître au coin de la rue. Cyril s'était aperçu que la photographie et le négatif avaient disparu et se doutait que Jonathan avait parlé.

Le jeune homme lâcha un gémissement de terreur.

La sonnette tinta furieusement. Jonathan jeta quelques affaires dans un sac. Terrifié, il resta près de la fenêtre jusqu'à ce qu'il voie les deux hommes s'éloigner.

Il descendit en trombe l'escalier, son sac à la main, et héla un cab. « Charles Street », ordonna-t-il.

Peter se dirigeait vers son attelage. La matinée était plus avancée que prévu, car, profondément soulagé par la visite de Harry, il avait fini par sombrer dans les bras de Morphée. On chargea ses bagages dans la calèche.

Il posait le pied sur le marchepied quand une voix retentit : « Peter ! Attends ! »

Effaré, Peter vit Jonathan se précipiter vers lui.

« Toi, espèce de petite ordure », siffla Peter.

Il se hissa dans la calèche.

« Ils avaient dit que ce ne serait qu'une farce, gémit Jonathan, le visage sillonné de larmes. Ils vont me tuer. Emmène-moi.

– Impossible. Je vais dans le sud de la France pour oublier cette histoire sordide. »

Peter s'installa dans la calèche et donna un coup de canne au plafond. Le véhicule se mit en branle. Jonathan sauta sur le marchepied.

Peter vit le visage terrifié du jeune homme à travers la vitre.

Il lui tourna le dos avec dégoût.

Lorsque l'attelage s'arrêta devant la gare de Charing Cross, où il devait prendre le train pour Douvres, Peter dit à son majordome : « Allez chercher un porteur. Maintenant, toi, aboya-t-il en fusillant Jonathan du regard, hors de ma vue !

– Emmène-moi. Je ferai tout ce que tu veux. Je déteste vivre ici ! Je t'en prie. »

Malgré sa colère et sa détresse, Peter ne put s'empêcher de remarquer que les larmes ne gâtaient ni ne marquaient le beau visage qu'il avait devant lui. Il décida de faire comme si Jonathan n'existait pas.

Il poussa un soupir de soulagement quand son majordome l'eut enfin installé dans une voiture de première classe. « Prenez soin de la maison pendant mon absence », lui enjoignit-il.

Au moment où le train quittait la gare, la porte du compartiment s'ouvrit et Jonathan entra en trébuchant.

« Que dois-je faire pour me débarrasser de toi ? fulmina Peter. Je ne peux pas appeler le contrôleur, tu me couvrirais de honte.

– Je pensais que c'était une plaisanterie. Jamais je n'aurais imaginé que je t'apprécierais autant. J'ai peur », gémit Jonathan.

Peter leva son journal et fit mine de lire. Au bout de plusieurs kilomètres, les sanglots silencieux de Jonathan l'adoucirent un peu.

« Le déjeuner est servi », annonça un garçon.

Peter soupira et baissa son journal. « Allons, sèche tes larmes. Autant aller déjeuner. »

Rose se demandait ce qui se passait donc. « Si seulement nous pouvions aller voir le capitaine à son bureau, dit-elle à Daisy.

– Nous pourrions faire semblant d'aller nous promener, répondit celle-ci.

– En ce moment, nous ne sommes pas autorisées à quitter la maison.

– Monsieur et Madame finiront bien par sortir. Monsieur se rend à son club presque tous les jours. Je vais les guetter. »

Daisy se posta près de la fenêtre.

Au bout d'un quart d'heure, elle annonça : « Le

voilà qui s'en va, réglé comme une horloge. Maintenant, attendons lady Polly. »

La journée s'étirait. Rose lisait pendant que Daisy faisait le guet. « Lady Polly vient de partir », finit-elle par s'écrier.

Rose posa son livre. « Comment passer la barrière des domestiques ?

– À cette heure-ci, ils sont sans doute en train de prendre leur thé, souligna Daisy. En nous dépêchant, on devrait réussir à sortir sans être vues.

– Et pour le retour ?

– Bah, nous improviserons. Allons directement à Chelsea. Le capitaine aura peut-être fini sa journée de travail d'ici à ce que nous arrivions chez lui. »

Chez Harry, à Chelsea, Daisy ravala un cri de déception quand la porte s'ouvrit sur Phil.

« Le capitaine Cathcart est-il là ? demanda Rose.

– Il devrait arriver d'un instant à l'autre. »

Rose tendit sa carte de visite. « Nous attendrons.

– Certainement, Madame. Par ici. Un verre de sherry, Madame ?

– Oui, s'il vous plaît.

– Qui est ce drôle de moineau ? souffla Daisy quand Phil eut quitté la pièce.

– Je crois qu'il s'agit d'un indigent que le capitaine a tiré de la misère. »

Phil revint avec un plateau sur lequel étaient posés un carafon et des verres à sherry. Il remplit avec précaution deux verres et donna l'un à Rose et l'autre à Daisy.

Il s'inclina très bas. « Y aura-t-il aut'chose, Madame ?

– Non, je vous remercie. »

Phil sortit de la pièce avec force révérences.

Daisy balaya du regard le salon aux murs couverts de livres. « On penserait qu'avec tout l'argent qu'il gagne, il aurait trouvé une adresse plus chic.

– Chut ! J'entends une auto. »

Harry entra, suivit de Becket. « Lady Rose ! Qu'est-ce qui vous amène ?

– Il faut que je sache ce qui se passe, répondit Rose. Qu'y avait-il sur cette photographie ? »

Becket retira son manteau à Harry et prit son chapeau et sa canne. Il sourit à Daisy, qui lui retourna un clin d'œil fripon.

« Sir Peter s'est mis dans une position compromettante avec un jeune homme affublé d'un masque, dit Harry en s'asseyant.

– Vous n'insinuez pas... les gentlemen ne...

– J'ai bien peur que si. Berrow et Banks ont payé cet homme pour tendre un piège à sir Peter.

– Vous êtes allé voir Kerridge ? Il faut prévenir la police.

– C'est impossible. Kerridge serait tenu d'arrêter sir Peter. Il serait inculpé pour outrage aux bonnes mœurs et condamné aux travaux forcés. »

Le visage de Rose s'empourpra. « Je n'avais jamais imaginé... Je ne pensais pas... Où est Peter ?

– En route pour le sud de la France. En tout cas, je l'espère. »

Rose fixa le capitaine pendant un long moment. « Vous comprenez ce que cela signifie ? Si Berrow et Banks ont payé un homme pour compromettre sir Peter, c'est probablement eux qui ont engagé un assassin pour me tuer.

– C'est possible. Cela étant, je reste persuadé que l'un de ces deux énergumènes a voulu se débarrasser de Petrey afin de pouvoir tenter sa chance avec vous. Impossible d'en parler à Kerridge, alors ce soir, j'ai prévu une petite expédition punitive. Berrow et Banks doivent être réduits au silence.

– Vous allez les tuer ?

– Non, ma chère. Il existe d'autres moyens.

– Je n'arrive pas à comprendre pourquoi mon père n'a pas annulé mes fiançailles.

– Il le fera. Mais je ne voulais pas que Berrow et Banks aient cette satisfaction pour le moment. Il faut que je ressorte. Becket peut-il vous raccompagner chez vous ?

– Oui, s'il vous plaît. »

Harry sonna. « Becket, conduisez Miss Levine à l'automobile. Je dois parler à lady Rose en privé. »

Une fois Daisy et Becket sortis, Harry posa des yeux graves sur Rose. « Je vais demander à votre père la permission de vous faire la cour. Qu'en pensez-vous ?

– Il n'acceptera jamais. Pourquoi ce revirement ? »

Il voulut répondre : parce que vous me ravissez et m'exaspérez tout à la fois. Au lieu de quoi, il dit : « Parce que je ne veux pas vous laisser sans protection. Londres est remplie d'intrigants. Vous pourriez commettre une autre erreur.

– Vous me négligerez autant que la première fois !

– J'essaierai de me comporter en soupirant digne de ce nom. Allons, Rose, nous sommes tous deux inadaptés à la vie en société et nous pourrions bien nous entendre. »

Rose lui lança un regard de sous ses longs cils. « Le même arrangement que la première fois ?

– Si c'est ce que vous souhaitez. »

Elle finit par lâcher un petit soupir. « Très bien alors.

– Il faut que je m'occupe de Berrow et de Banks d'abord. Ensuite, je viendrai vous voir.

– Je suis d'accord, mais uniquement parce que en ce moment, on ne m'autorise pas à sortir de la maison. »

Harry sourit. « Laissez-moi vous escorter jusqu'à l'auto. »

Au retour de son majordome, Harry lui dit : « Gardez votre manteau, Becket, nous allons à Scotland Yard. Comment Phil avance-t-il avec les travaux photographiques ?

– Il est excellent et sait déjà tirer des négatifs et développer des clichés.

– Bien. Demandez-lui de préparer le Kodak que je lui ai acheté, de la pellicule et du magnésium pour le flash. J'aurai besoin de lui ce soir. Il faudra aussi vous munir d'un revolver. Menacer quelqu'un avec une arme vous pose-t-il un cas de conscience ?

– Pas le moins du monde, Monsieur.

– Alors voilà ce que nous allons faire… »

Harry espérait qu'il ne s'était pas trompé et que Berrow et Banks attendraient devant la maison close dans l'espoir de tomber sur Jonathan. Pour plus de sûreté, lui, Becket et Phil suivirent les deux fauteurs de troubles depuis le Club, puis s'embusquèrent à un bout de Verney Street. Berrow et Banks jetèrent un regard furtif autour d'eux et entrèrent dans le lupanar. Ils ressortirent quelques minutes plus tard et firent le guet.

« Ce doit être l'heure à laquelle Jonathan a l'habitude de venir, chuchota Harry. Becket, Phil, allez-y. Vous savez ce que vous avez à faire. »

Becket s'avança vers les deux hommes. Harry l'avait affublé d'une grosse moustache et d'épais favoris.

Le majordome pointa son revolver sur le duo, puis le leva et tira une balle à travers le haut-de-forme de Berrow, avant de le baisser de nouveau vers eux.

Soudain, la porte de la maison close claqua et les lumières s'éteignirent. Un coup de feu dans Verney Street était synonyme d'ennuis, et les ennuis étaient synonymes de police. Personne ne voulait se trouver dans les parages à l'arrivée de la rousse. Du bout de la rue, Harry vit un client potentiel tourner les talons et prendre ses jambes à son cou.

« Que voulez-vous ? couina Cyril. Notre argent ?

– Je veux que vous embrassiez votre ami sur la bouche.

– Allez vous faire voir », siffla Berrow.

Becket réarma le revolver. « Fais ce que ce détraqué te demande, hurla Cyril, ou il nous fera la peau. »

Il attrapa Berrow par les épaules et pressa ses lèvres contre les siennes. Becket se fondit dans l'ombre au moment où le magnésium s'embrasa.

Ni Cyril ni Berrow ne virent le flash, car ils avaient tous les deux fermé les yeux. Quand Cyril lâcha Berrow, il jeta des regards affolés autour de lui. Personne en vue. Les deux hommes sortirent leurs mouchoirs en soie et s'essuyèrent la bouche.

« Répugnant ! ragea Berrow. Décampons. Scotland Yard en entendra parler. »

Il se mit en route. Cyril l'arrêta.

« Attends. On ne peut pas prévenir la police.

– Pourquoi donc ? Un cinglé avec une arme à feu nous a obligés à nous embrasser.

– Ils demanderont où ça s'est passé. Si on mentionne Verney Street, ils penseront que nous sommes des tu-sais-quoi. Je t'ai dit qu'on avait ouvert mon coffre-fort et volé le négatif et le cliché. »

Berrow se figea. « Qu'allons-nous faire ?
– Rien. Nous sommes coincés. »

Le lendemain matin, Cyril et Berrow reçurent chacun une enveloppe, qui leur fut remise en main propre. Elles contenaient une grande photographie d'eux en train de s'embrasser. Le lupanar était clairement visible derrière eux. Le cliché était accompagné d'une lettre. « Si vous vous approchez encore de lady Rose Summer ou de son domicile, si vous vous mêlez de sa vie, ou la menacez de quelque manière que ce soit, cette photographie sera envoyée à la police et à la presse. »

Cyril courut droit chez Berrow.

« Tu en as reçu une aussi ! Qu'allons-nous faire ?
– Je suis sûr que c'est l'œuvre de ce sagouin de Cathcart, grogna Berrow. Gardons nos distances avec lady Rose en attendant de trouver un moyen de lui rendre la monnaie de sa pièce. »

Le comte prenait un petit déjeuner tardif en compagnie de sa femme quand on lui annonça la visite du capitaine Cathcart.

« Faites-le entrer, ordonna-t-il. Prenez une chaise, fit-il quand Harry entra. Mangez donc quelque chose
– Je prendrai juste un café, s'il vous plaît », dit Harry.

Un valet lui en apporta une tasse.

« Des nouvelles ?

– Pas devant les domestiques, murmura Harry.
– Ouste, sortez d'ici ! ordonna le comte. Et on n'écoute pas aux portes. » Il se tourna vers sa femme. « Vous feriez mieux de nous laisser, ma chère. Nous allons parler de choses fort déplaisantes.
– Avant que vous ne vous retiriez, lady Polly, et avant de faire mon rapport, je souhaiterais vous informer que je considérerais comme un grand honneur que vous me permettiez de renouveler mes fiançailles avec votre fille.
– Oh non, encore ! gémit le comte.
– Je pense que vous constaterez que votre fille n'est pas indifférente à l'intérêt que je lui porte. Lady Rose a besoin de quelqu'un qui la protège du danger.
– Mais c'est vous qui l'exposez au danger !
– Je n'ai rien à voir avec le fait qu'elle ait découvert ce corps à Hyde Park.
– C'est vrai. Oh, bon, de toute façon, après votre comportement la dernière fois que vous étiez fiancés, je doute qu'elle veuille avoir quoi que ce soit à voir avec vous. Vous pouvez toujours essayer. Maintenant, revenons à nos moutons. Ma chère ? »
Une fois lady Polly sortie, Harry décrivit la façon dont il avait forcé Berrow et Cyril à s'embrasser. « Ils savent que s'ils s'approchent de nouveau de lady Rose, la photographie sera envoyée à la police et à la presse. »

Le comte éclata d'un grand rire. En l'entendant, Rose, qui avait vu Harry entrer, se demanda si l'hilarité de son père était provoquée par le fait qu'il lui ait à nouveau demandé sa main.

« Bigre, dit le comte, c'est une idée brillante. Pourquoi diable la police ne fait-elle pas fermer ce lieu de perdition ?

– Je crains que des gens haut placés ne le fréquentent.

– Bon sang, cette ville est un cloaque, un véritable cloaque. Des types épouvantables qui préfèrent la porte de service. Merci quand même. Je suppose que vous feriez mieux de voir Rose, mais croyez-moi, vous vous exposez à un refus cinglant. »

Le comte et la comtesse furent donc on ne peut plus déconcertés quand, convoqués au salon, ils y trouvèrent Rose, une bague de fiançailles étincelante au doigt, adressant un sourire au capitaine.

« Votre fille m'a fait l'immense honneur d'accepter ma demande, annonça Harry.

– Vous êtes insensés, l'un comme l'autre », rugit le comte en sortant en trombe de la pièce. Lady Polly resta. « Je suppose que Mr Jarvis doit annuler tes fiançailles avec sir Peter et annoncer ce nouvel engagement. Vraiment, Rose, à l'avenir essaie d'être plus *conventionnelle*. Brum dit t'avoir vue regagner la maison en cachette alors que je t'avais formellement interdit de sortir. Vous pouvez disposer, capitaine Cathcart. Mr Jarvis vous informera des prochaines obligations mondaines de Rose. »

Harry déposa un baiser sur la joue de Rose. « Amis ? murmura-t-il.

– Amis », répondit doucement la jeune femme.

Au grand soulagement de Rose, sa mère ne protesta pas contre son dessein de venir en aide aux pauvres en servant à la soupe populaire de l'église St. Matthew, à Whitechapel. Faire la charité était en vogue, sous réserve d'être dûment escortée par un valet de pied et une femme de chambre.

Rose emmena Miss Friendly, car Daisy avait refusé avec véhémence de l'accompagner.

Elle avait expliqué qu'elle ne voulait pas tomber sur de vieilles connaissances. Non qu'elle se sentît trop bien pour elles, mais à coup sûr, elles la tourneraient en ridicule tout en essayant de lui soutirer de l'argent.

Rose se mit donc en route le lendemain matin, Matthew Jarvis ayant organisé sa visite avec le pasteur.

La soupe populaire était dirigée par une certaine Mrs Harrison, que Rose se souvenait d'avoir croisée lors de réunions de suffragettes. C'était une femme de la classe moyenne, à la silhouette massive et à l'air pragmatique.

Elle fournit à Rose et à Miss Friendly de longs tabliers pour protéger leurs vêtements et leur demanda d'apporter les leurs la prochaine fois.

Rose n'était pas préparée à l'odeur nauséabonde de tant de corps souffreteux et malpropres. Mais elle versa la soupe dans les bols louche après louche en gardant le sourire, tandis que Miss Friendly distribuait des quignons de pain.

Les miséreux appréciaient la beauté de Rose. Elle souriait à chacun, adressant quelques mots de réconfort. Un vieil homme à l'accent cockney se montra particulièrement reconnaissant. « C'est le bon Dieu qui vous envoie, m'dame, lança-t-il. J'ai vu la lumière en prison, pour sûr. L'aumônier dit que Dieu prendra soin de ma peau. Vous êtes l'instrument du Seigneur. »

Sur quoi il poursuivit son chemin. Rose commençait à avoir mal aux pieds. « Combien de temps devons-nous rester ? chuchota-t-elle à Miss Friendly.

– Encore une heure, lui répondit celle-ci. Il y a tellement d'affamés. »

Enfin, ce fut fini. Dans la calèche qui la ramenait chez elle, Rose, rayonnante, se sentait comblée. Elle avait promis de revenir le lendemain.

À mesure que la journée avançait, sa tête la démangeait de plus en plus. Elle sonna sa femme de chambre. « Turner, vérifiez si j'ai des rougeurs sur le cuir chevelu, voulez-vous ? »

Turner retira les épingles en os et les coussinets qui étayaient la coiffure élaborée de Rose et brossa ses longs cheveux.

« Madame, vous avez des poux !

– Quoi !
– Oui, des poux. Je vais chercher un peigne fin et du désinfectant. »

Rose passa ensuite une heure extrêmement pénible penchée au-dessus d'une feuille de papier blanc, tandis que Turner retirait la vermine à l'aide d'un peigne trempé dans le désinfectant. Après quoi, les cheveux de Rose furent lavés à plusieurs reprises.

Rose se rappela que Mrs Harrison était coiffée d'un turban très serré. Elle ne pouvait que se réjouir d'être libre de toute obligation mondaine ce jour-là. Que se serait-il passé si Turner n'avait pas découvert les poux et que le capitaine en avait attrapé !

En s'endormant ce soir-là, elle rêva qu'elle descendait la Serpentine en barque avec Dolly. « Vous avez manqué quelque chose. C'est juste sous votre nez », murmurait la jeune femme. Rose se réveilla en sursaut. Quelqu'un avait récemment dit ou fait quelque chose d'important. Elle se creusa la cervelle, mais ne voyait pas de quoi il pouvait s'agir.

8

> « Un homme ne saurait être trop prudent dans le choix de ses ennemis. »
>
> Oscar Wilde

Le jour suivant, Harry rendit visite à Kerridge. « Avez-vous interrogé lord Berrow ? » demanda-t-il.

– Oui, mais je n'en ai tiré que les habituelles vitupérations.

– C'est de la mauvaise graine, et brutal avec ça. Il savait peut-être que Dolly comptait faire une fugue. J'ai le sentiment que vous devriez à nouveau le questionner. Je vous accompagnerai. Il est sans doute encore chez lui.

– Je suis prêt à tout tenter. Laisser une affaire en suspens me hérisse, en particulier un meurtre. »

Flanqués de l'inspecteur Judd, ils se rendirent chez lord Berrow. Quand celui-ci apprit qu'un inspecteur divisionnaire de Scotland Yard voulait le voir, il sentit son cœur se flétrir en un minuscule nœud de panique.

« Très bien. Je recevrai cet individu, dit-il avec dédain à son majordome. Introduisez-le dans la bibliothèque. Est-il seul ?

– Non, il est accompagné d'un inspecteur et d'un certain capitaine Cathcart. »

Berrow se demanda s'il devait filer par la porte de derrière ou se débarrasser d'eux en jouant les bravaches. Il choisit de jouer les bravaches.

Il pénétra dans la bibliothèque en lançant d'un ton jovial : « Que me vaut l'honneur ? Un de mes domestiques est parti avec l'argenterie ?

– J'ai omis de vous demander, monsieur, ce que vous faisiez le soir du meurtre de Miss Tremaine. »

Le soulagement submergea le corps massif de lord Berrow. « Sortez d'ici. Espèce d'insolent. Savez-vous qui je suis ?

– Répondez à la question », fit Harry d'une voix atone.

Berrow le scruta un long moment. Il était sûr que Cathcart était l'instigateur de cette photographie répugnante.

Kerridge fut ébahi d'entendre Berrow répondre avec douceur : « Désolé. Vous m'avez pris au dépourvu. Laissez-moi réfléchir. Ça fait un petit moment. J'étais au Club. Vous pouvez demander aux autres membres. J'y suis resté jusqu'à deux heures du matin. Ensuite, je suis rentré me coucher. C'est tout.

– Vous n'avez pas de liens avec des criminels, dites-moi ? » poursuivit Kerridge, car si Berrow avait engagé un tueur, il importait peu qu'il ait un alibi.

« Cher monsieur, je ne fraie pas avec ce genre d'individus. Je fréquente la fine fleur de ce pays, y compris notre roi. »

Kerridge le considéra froidement. Mal à l'aise, Berrow s'agitait dans tous les sens. Ce qu'il ignorait, c'est qu'à cet instant précis, l'inspecteur divisionnaire l'imaginait succombant aux tirs du peloton d'exécution de la révolution du peuple, orchestrée bien entendu par lui-même. Il vit ce lord adipeux trembler lorsqu'il cria « Feu ! ». Puis il se rendit compte, consterné, qu'il s'était exprimé à voix haute.

« Le feu ? Où ça ? » Paniqué, Berrow jeta des regards inquiets autour de lui. « Je n'ai pas l'électricité. » Les habitants des logements raccordés à l'électricité gardaient souvent à portée de main de quoi éteindre les plinthes qu'un épisode de surtension risquait d'embraser à tout moment.

« Je suis désolé, fit Kerridge J'avais la tête ailleurs. »

Ils poursuivirent l'interrogatoire, Berrow se détendant à mesure qu'il devenait évident qu'il ne serait pas question de la photographie.

Après le départ des trois hommes, il téléphona à Cyril pour l'informer de la visite qu'il avait reçue. « Je ne supporterai pas d'autres frayeurs comme celle-ci, dit-il. Il faut que nous récupérions ce négatif.

– Il le conserve peut-être à son bureau. D'après ce que je sais, il n'y a qu'une secrétaire là-bas.

– Il faut surveiller les lieux.

– Il risquerait de nous repérer. Je vais envoyer un valet. Nous attendrons dans un café des environs. »

La secrétaire de Harry, Ailsa Bridge, n'était pas tout à fait aussi sereine que d'habitude. Elle était à court de gin. Il y avait bien des bouteilles d'alcool dans le bureau de son patron, mais elle repoussa l'idée de se servir. Ce serait du vol. Seulement, elle commençait à faire des fautes de frappe. Elle lorgnait la porte du bureau du capitaine, où les bouteilles rangées dans le placard lui faisaient l'effet d'un chant de sirènes.

N'y tenant plus, elle se leva. Le téléphone sonna, la faisant sursauter. C'était Harry. « Je ne serai pas de retour avant quelques heures, dit-il. Je n'ai pas de rendez-vous, je me trompe ?

– Le prochain est à trois heures, répondit Ailsa.

– Bien. Je vous fais confiance pour gérer les imprévus, comme d'habitude. »

Ailsa raccrocha et resta perdue dans ses pensées. Si elle sortait acheter du gin, son patron n'en saurait rien. Mais que se passerait-il si une affaire importante se présentait en son absence ?

« Rien qu'un petit remontant », murmura-t-elle

avant de gagner le bureau de Harry. Elle s'accroupit devant le placard. « Whisky, cognac, sherry. Pas de gin. Flûte ! »

Elle devrait se contenter de whisky. Elle arracha le bouchon avec les dents et engloutit une grande lampée, sentant la douceur du spiritueux s'insinuer dans ses veines. Soudain, elle perçut des pas dans l'escalier. Elle enfonçait le bouchon dans le goulot quand elle entendit une voix masculine chuchoter : « C'est désert. Mettons-nous au travail avant le retour de ce fumier. »

Vieille fille collet monté, Ailsa était fille de missionnaires postés en Birmanie et s'était retrouvée nombre de fois en mauvaise posture. Elle prit avec précaution le revolver que Harry conservait dans un tiroir de son bureau et, le cachant derrière son dos svelte, surgit dans la pièce où se tenaient deux hommes masqués.

Le plus costaud des deux s'avança vers elle. « Asseyez-vous et bouclez-la, gronda-t-il, ou vous le regretterez. »

Pour toute réponse, Ailsa pointa le revolver sur les intrus. « Sortez d'ici », leur intima-t-elle avec calme.

Ils s'arrêtèrent net. Le deuxième homme éclata d'un rire moqueur : « Une petite dame comme vous ne devrait pas faire joujou avec une arme à feu. »

Ailsa baissa le revolver et lui tira dans le pied. Il hurla et s'effondra sur le sol. Ailsa décrocha le combiné du téléphone et dit : « La police je vous prie. »

L'homme blessé cria : « Fichons le camp ! Je sens que je suis en train de me vider de mon sang ! »

Lui et son complice sortirent tant bien que mal du bureau et descendirent l'escalier clopin-clopant.

Le blessé, qui n'était autre que Cyril Banks, dut attendre, gémissant et pleurnichant, que Berrow déniche un médecin discret, sachant que la police vérifierait les hôpitaux. Fumeur invétéré, il gardait un étui à cigarettes de secours dans sa bottine à élastiques, son pied n'était donc que sérieusement contusionné.

Après le départ du médecin, Berrow et Banks s'assirent et réfléchirent à un autre moyen de récupérer cette satanée photographie.

Harry se doutait de l'identité des coupables et en informa la police. Mais lorsqu'ils se rendirent chez Cyril, celui-ci marchait sans difficulté et son pied ne montrait aucun signe de blessure par balle. Menacée de représailles par toutes les sommités du pays, du roi au Premier ministre, la police battit en retraite avec moult excuses.

Lorsqu'il eut vent de la nouvelle, Harry supposa qu'ils avaient engagé des hommes de main. « Vous devriez prendre quelques jours de congé, dit-il à Ailsa. Ils recommenceront.

– Je n'ai pas peur, protesta la secrétaire, même si

je dois avouer qu'ils m'ont fait une grosse frayeur. Je crains de m'être servi un peu de votre whisky.

– Ne vous en faites pas pour ça. Un agent de police est posté devant la porte, mais restez sur vos gardes. »

« Il va falloir être malins, dit Berrow. Elle avait l'air d'une vieille bique desséchée. Et si on trouvait un gus pour lui donner la sérénade ? Qui a les poches vides en ce moment ?

– Presque toute la haute société londonienne.

– Il nous faut un panier percé capable de la charmer.

– Guy Delancey. Il me doit un paquet d'argent qu'il a perdu au baccarat. Seulement, s'il lui fait la cour et qu'il réussit à récupérer les documents, il risque de voir la photographie.

– Ne t'inquiète pas. Je lui expliquerai qu'on nous a tendu un piège. »

Noël approchait et les jours raccourcissaient. Le comte se préparait à prendre ses quartiers d'hiver dans son fief campagnard de Stacey Court. Harry avait été convié à se joindre à la famille et, à la grande surprise de Rose, il avait accepté. Il était resté à ses côtés aussi souvent que possible, mais exclusivement lors d'obligations mondaines, et il ne semblait pas pressé de se retrouver en tête à tête avec elle.

Rose participait toujours avec diligence à la

soupe populaire, son zèle lui faisant oublier qu'à l'origine, il s'agissait d'obtenir sa photographie dans les journaux. Elle portait désormais ses cheveux étroitement serrés dans un turban désinfecté. Il lui arrivait de ne plus supporter l'odeur et la déchéance des personnes qu'elle servait et elle ne pouvait que s'émerveiller des efforts acharnés et de la bonne humeur constante de Miss Friendly.

Bientôt, un froid glacial enserra Londres. Le comte ordonna de protéger avec de vieux draps les tuyaux situés à l'extérieur de la demeure londonienne, après avoir vu les canalisations de propriétaires moins soigneux éclater sous l'effet du gel et s'orner de longues stalactites.

Un soir, en rentrant du travail, Ailsa s'arrêta devant la vitrine d'un volailler pour contempler les oies grasses pendues à des crochets.

Une voix agréable s'éleva doucement derrière elle : « Laquelle vous tente le plus ? »

Ailsa se retourna. À la lumière de la boutique, elle distingua un homme au visage de débauché, habillé à la mode, un haut-de-forme en soie posé de guingois sur la tête.

« J'admire les volailles, monsieur, répondit-elle. Mais je ne compte pas en acheter.

– Vous serez seule à Noël.

– Oui.

– Moi aussi. Il fait bigrement froid ce soir, vous ne trouvez pas ? Pourquoi ne pas m'accompagner boire un verre dans le pub juste en face ? »

Ailsa le considéra de sous le bord de son chapeau de feutre noir orné d'une plume de faisan. Elle n'avait pas bu grand-chose aujourd'hui. Harry lui versait certes un bon salaire, mais une grande partie de celui-ci allait à une œuvre de charité en faveur des orphelins, elle en dépensait un peu en nourriture et pour son loyer, et le reste partait dans le gin.

Un pub était un endroit public. Rien ne pouvait lui arriver dans un endroit public. Et puis, elle était curieuse de savoir pourquoi cet homme l'avait abordée.

« Très bien, monsieur, dit-elle. Juste un verre. Je ne tiens pas très bien l'alcool et je ne suis pas habituée aux liqueurs fortes. »

Guy Delancey fut soulagé. Berrow lui avait demandé de charmer la vieille fille, de la saouler et de prendre les clefs du bureau dans son réticule, ou mieux de la séduire au point qu'elle lui donne elle-même le négatif.

Il lui prit le bras et lui fit traverser la chaussée, la guidant au milieu des voitures, qui étaient à l'arrêt, comme d'habitude. Dans les journaux, on se plaignait régulièrement de ce que tout Londres était en proie aux embouteillages.

Il trouva une table dans un coin de la salle. Un serveur affairé se présenta. « Que prendrez-vous, mademoiselle ? Du champagne ?

– Non, je vais tenter le gin. Ma mère aimait ça.

– Va pour le gin. Un double. Et pour moi, un double whisky. »

Une fois les verres servis, Guy se présenta. Ailsa songea à utiliser un faux nom, mais elle se ravisa et donna sa véritable identité.

« Allez, videz votre verre, lui enjoignit Guy.

– Mon père disait toujours “cul sec” et buvait son verre d'un trait. Je n'ai jamais essayé.

– C'est le moment ou jamais !

– Cul sec », dit Ailsa avant d'avaler son verre en une seule gorgée.

Guy en fit autant.

Il appela le serveur et commanda une autre tournée. « Ce pauvre homme court dans tous les sens, observa Ailsa. Pourquoi n'apporte-t-il pas simplement les bouteilles ?

– Bonne idée ! »

Crénom, pensa Guy, je vais pouvoir faire d'elle ce que je veux. Quelques verres de plus et elle aura du vent dans les voiles. Il étudia Ailsa, son absence de poitrine, son visage blême et étroit, ses yeux aux paupières tombantes. Elle n'a sans doute jamais rien bu de plus fort qu'un verre de sherry de toute sa vie, songea-t-il.

Le serveur apporta, comme on le lui avait demandé, une bouteille de whisky et une bouteille de gin.

« Laissez-moi vous servir, proposa Ailsa, comme s'il s'agissait de verser le thé. Cul sec ! »

Guy commença bientôt à avoir la tête qui tourne. « Ma foi, articula-t-il, où travaillez-vous ?

– Je suis employée par un fonds d'aide aux

orphelins, mentit Ailsa. Comme c'est amusant. Cul sec !

– Vous voulez dire que vous ne travaillez pas pour le capitaine Cashcart ?

– Cashcart ? Jamais entendu parler. Cul sec ! »

Guy se leva avec difficulté. Quelle épouvantable erreur. Il l'avait suivie depuis l'immeuble de Buckingham Palace Road, mais il y avait d'autres bureaux à cette adresse.

« Faut que j'y aille », dit-il d'une voix pâteuse.

Ailsa le regarda sortir du pub en titubant.

Invitée à dîner, lady Glensheil était en retard. À l'aide de sa canne, elle souleva la trappe ménagée dans le toit de son attelage. « Il y a moins de circulation, John, cria-t-elle à son cocher. Poussez les chevaux.

– Très bien, Madame. »

Lorsque Guy Delancey, qui zigzaguait au milieu de la route, vit l'attelage foncer sur lui à toute allure, il était déjà trop tard.

Au bruit du hurlement et du fracas de l'accident, les clients du pub se précipitèrent dehors.

Ailsa rassembla son châle, ses gants et son réticule et sortit à son tour. Une calèche avait versé sur la chaussée et l'on en extirpait une lady autocratique. Guy était étendu sur la route, du sang ruisselait de sa tête.

« Les chevaux n'ont rien, John ? cria lady Glensheil.

– Non, Madame.

– Dieu merci ! C'eût été dommage de gâcher un si bon attelage à cause d'un ivrogne. »

Les deux conspirateurs n'eurent vent de la nouvelle qu'en lisant l'*Evening News* du lendemain. « Un jeune mondain, Mr Guy Delancey, a trouvé la mort en traversant devant l'attelage de lady Glensheil. D'après les témoins, il avait bu avec excès au Fox and Ferret en compagnie d'une femme. Les autorités demandent instamment à cette femme de se faire connaître. »

« Comptez-vous vous présenter à la police ? s'enquit Harry auprès d'Ailsa, qui lui avait raconté toute l'histoire.

– Non, monsieur. Il vaut mieux laisser courir.

– Vous avez raison. Berrow et Banks l'ont probablement engagé pour vous griser. Vous dites que vous buviez de l'eau dans un verre à gin et qu'il n'a rien remarqué ?

– Non, monsieur. Il n'y a vu que du feu. Je pense qu'il tenait très mal l'alcool. »

Ailsa n'avait aucune intention de révéler que pour sa part, elle tenait fort bien le gin.

Au Club, Berrow et Cyril échangeaient des regards horrifiés au-dessus de leurs exemplaires de l'*Evening News*.

« Tu sais quoi ? dit Cyril.

– Non ?

– Cette sale engeance de Cathcart finira par nous liquider tous les deux. Il est de nouveau fiancé à lady Rose. Ce type est un vicieux, c'est moi qui te le dis. »

Berrow replia son journal. « J'ai une idée. Je vais passer les fêtes de Noël dans le Nord, dans mon domaine du Yorkshire. Viens avec moi. Partons aussi vite que possible. Si ce coco se pointe là-bas, mon garde-chasse lui réglera son compte ! »

Rose, qui œuvrait une fois encore à la soupe populaire, retrouva l'homme très pieux et joyeux qu'elle avait déjà rencontré.

« Que le Seigneur soit avec vous, lança-t-il en tendant son bol.

– Et avec vous, monsieur, répondit Rose.

– Le Seigneur est bon, poursuivit-il, la fixant de ses yeux brillants. Son ange est venu me voir en prison.

– Et vous ne commettrez plus de péchés ? dit Rose.

– Sur ma vie, Mademoiselle, répondit-il gaiement. J'peux avoir du rabiot ? »

En rentrant après avoir terminé leur service, Rose et Miss Friendly trouvèrent les bonnes en train de préparer les malles en vue du départ pour Stacey Court.

Avant de monter dans ses quartiers, Miss Friendly dit : « Pourriez-vous prévenir Miss Levine que sa robe est prête ?

– J'espère que personne ne vous exploite, dit Rose.

– Non, pas du tout. J'apprécie les travaux de couture. »

Bouche bée, Daisy admirait la toilette de taffetas bleu nuit que Miss Friendly avait dessinée et fabriquée pour elle. Le corsage était décolleté et bordé de petites perles le long de l'encolure.

« Vous l'avez cousue sans patron, Florence ? demanda Daisy, qui était la seule à appeler Miss Friendly par son prénom.

– J'ai vu une robe de ce genre dans le boudoir de Madame Laurent et je me suis rendu compte que je serais capable de créer une toilette similaire.

– Vous devriez parler à lady Rose d'ouvrir votre propre boudoir.

– Cela nécessiterait beaucoup d'argent et Madame s'est déjà montrée suffisamment généreuse. »

Daisy la remercia et se perdit dans ses pensées. Et si Becket, elle et Miss Friendly unissaient leurs forces pour ouvrir un boudoir ? Avec Becket, elle s'occuperait de l'aspect commercial. Elle pourrait persuader Rose de porter les créations de Miss Friendly pour en faire la réclame en quelque sorte. Et elle et Becket pourraient enfin se marier.

Daisy arbora sa nouvelle toilette le soir même. Lady Polly ne cessait de lui lancer de petits regards courroucés. Harry s'était joint à eux pour le dîner.

Rose se sentait abattue. Indubitablement, Harry jouait les chevaliers servants, mais il se tenait sur la réserve quand il lui parlait.

En menant les dames au salon, après le dîner, lady Polly fusilla Daisy du regard et admonesta sa fille. « Tu ne dois pas donner tes plus beaux vêtements à ta dame de compagnie. Cette robe n'est pas convenable pour elle.

– Miss Friendly l'a dessinée et cousue spécialement pour Daisy, protesta Rose.

– Tu en es sûre ?

– Oui.

– Elle pourrait créer son propre boudoir et gagner une fortune, intervint Daisy.

– Miss Friendly a suffisamment à faire ici, glapit la comtesse, lorgnant une fois de plus la toilette de la dame de compagnie. Elle devrait s'atteler à ma garde-robe. »

Deux jours plus tard, le comte et sa maisonnée se mirent en route pour la campagne. Londres était toujours en proie à un froid glacial. La file de calèches et de carrioles s'engagea sur les routes de campagne bordées d'arbres et de buissons blancs de givre. Tout était immobile et gelé. La fumée qui s'élevait des cheminées des cottages montait droit vers un ciel qui s'assombrissait.

Rose se pelotonna dans ses fourrures. Elle pensait à Dolly, qui reposait sous la terre froide du cimetière de la paroisse de son père. Pauvre enfant. Rose avait le sentiment que la jeune femme ne reposerait pas en paix tant qu'elle n'aurait pas découvert qui l'avait tuée. Les lettres de Mrs Tremaine s'étaient brutalement interrompues, sans doute parce qu'elle avait cessé d'y répondre.

Harry avait promis d'arriver le lendemain. Rose avait eu beaucoup de mal à lui trouver un cadeau de Noël. Elle avait finalement jeté son dévolu sur le *Nouveau Manuel de l'automobiliste.* Elle regrettait maintenant de ne pas avoir choisi quelque chose de plus onéreux, comme une paire de boutons de manchette en or. La bouteille de parfum français qu'elle avait achetée pour Daisy avait coûté beaucoup plus cher.

Elle s'aperçut que la soupe populaire lui manquait. Aider les nécessiteux donnait un but à ses journées. Rose avait persuadé son père de la laisser y envoyer six oies pour le réveillon, et elle avait le sentiment qu'elle aurait dû être là-bas pour les servir en personne.

Travailler dans l'East End lui faisait examiner d'un peu trop près sa vie pour qu'elle se sente à l'aise. Quand ils arrivèrent enfin à Stacey Court, tout ce qu'elle eut à faire fut de se retirer dans ses appartements pour se reposer pendant qu'une armée de valets et de bonnes s'activaient à décharger les carrioles, monter les malles dans les chambres et ranger leur contenu.

Elle avait laissé entendre à sa mère que de si

grands écarts de richesse étaient troublants, mais lady Polly s'était contentée de souligner que le Seigneur avait mis chacun à la place qui lui revenait. Si Rose voulait continuer ses bonnes œuvres à Stacey Court, avait ajouté la comtesse, elle trouverait beaucoup de villageois qui seraient ravis de bénéficier de sa générosité.

Le jour suivant, la jeune femme confia à Matthew Jarvis que parfois, elle enviait l'indifférence de ses parents envers les pauvres. « Votre père est moins indifférent qu'il n'y paraît, tempéra Matthew. Il ne laisse pas ses métayers mourir de faim et lorsqu'ils tombent malades, il s'assure qu'ils voient un médecin. Et j'ai pour instructions de demander à son agent de ne pas collecter les loyers des plus pauvres. »

Rose empaqueta ses cadeaux de Noël et les déposa sur une table au pied du sapin. La salle des domestiques disposait de son propre arbre et les présents seraient distribués par le comte et la comtesse au bal du personnel, qui se tenait traditionnellement l'après-midi de Noël.

Le capitaine arriva, poli, prévenant, mais fermé comme une huître. Puis ce fut Noël. Rose reçut de sa part un splendide collier en diamants et saphirs, et lui tendit son livre en rougissant.

Le surlendemain, une des bonnes attrapa la typhoïde et une partie de l'enthousiasme tomba dans la fosse d'aisances. On appela le médecin. On engagea une infirmière. On donna l'ordre au régisseur de faire vidanger les latrines. Mais le comte considéra qu'il était plus sûr de ramener tout le monde à Londres.

Quand ils arrivèrent en ville, il se mit à tomber de petits flocons tourbillonnants qui semblaient flotter dans la lumière des réverbères.

On se hâta de faire du feu dans les cheminées. La maison était glacée. Ce soir-là, Rose se mit au lit avec deux grosses bouillottes en grès.

Les paupières lourdes, hypnotisée par les flammes qui dansaient dans l'âtre, elle commençait tout juste à s'endormir quand soudain, elle sursauta.

Elle avait enfin mis le doigt sur ce qui lui trottait dans un coin de la tête. Elle devait parler à Harry.

Elle était certaine de savoir qui avait assassiné Dolly.

Dans le Yorkshire, Berrow et Cyril redevenaient les tristes sires qu'ils avaient toujours été. Après avoir tiré tout le gibier à poil et à plumes qu'ils avaient croisé sur le domaine et débauché les filles de tous les bordels de York, ils commencèrent à regretter d'avoir eu peur de Harry Cathcart.

Mais ce ne fut que lorsque le garde-chasse surprit un braconnier qu'il traîna jusque devant lord Berrow sous la menace de son arme qu'une idée germa dans l'esprit du hobereau. « Je l'emmène au poste de police », dit le garde-chasse.

Berrow examina pensivement l'homme. La plupart des braconniers risquaient la prison pour nourrir leur famille durant les hivers difficiles, mais celui-ci était un individu à la mine patibulaire, avec un œil laiteux, un long nez et des cheveux clairsemés d'une propreté douteuse.

« Votre nom, aboya Berrow après avoir congédié le garde-chasse.

– John Finch, m'sieur.

– La prison vous pend au nez, mon gars. Que pensez-vous de ça ?

– Ça sera pas la première fois. Au moins on y mange à sa faim.

– Pourquoi vous êtes-vous retrouvé derrière les barreaux ?

– J'ai battu ma femme.

– Sottises. La plupart des hommes le font, c'est leur droit.

– On habitait près d'un village appelé Drifton. Ma Ruby, elle m'a manqué de respect, alors je lui ai flanqué une trempe. L'argousin du cru s'en est mêlé. Il m'a inculpé pour coups et blessures. Je pensais que le tribunal me donnerait raison, mais pensez-vous. Quand je suis sorti, Ruby avait pris ses cliques et ses claques.

– Cette fois, ce sera la perpétuité. Second délit. »

Finch était visiblement effrayé, mais tenta de masquer sa peur par une pitoyable rodomontade.

« Eh bien, allez-y. Qu'on en finisse. »

Berrow le scruta un long moment.

« Il pourrait y avoir une autre solution. »

Rose se faisait du souci. Harry était en déplacement pour une affaire. Londres était ensevelie sous la neige et l'on disait que la Tamise était gelée.

Tout ce qu'elle pouvait faire, c'était attendre avec impatience le retour du capitaine.

Ailsa Bridge souleva un pan de sa jupe et tira de sa jarretière la flasque plate qu'elle y gardait en réserve. Elle avala une bonne rasade et se remit à taper à la machine. Harry lui avait assuré que Berrow et Banks se trouvaient dans le Yorkshire et qu'elle était hors de danger.

Ailsa n'était pas tombée de la dernière pluie, après son enfance pleine de périls en Birmanie, elle avait pris beaucoup de risques pour fournir des informations au ministère de la Défense à Londres. Contrairement à Harry, elle n'était pas persuadée qu'ils abandonneraient si facilement, mais n'avait pas voulu l'inquiéter. Dans une boutique d'antiquités, elle fit l'acquisition d'un vieux plastron de cuirasse qu'elle se mit à porter sous sa robe. Elle chargea également le revolver de Harry et le plaça dans un tiroir de son propre bureau.

Un jour, elle entendit des pas dans l'escalier et se figea. Il y avait quelque chose de furtif dans cette façon de marcher. Les nobles qui fréquentaient habituellement le bureau arrivaient toujours avec fracas, pleins de morgue, intimant qu'un scandale ou un autre soit étouffé ou que l'on retrouve sur-le-champ le chien qu'ils avaient perdu.

Ailsa sortit le revolver du tiroir, le posa sur le bureau et le couvrit de son châle.

La porte s'ouvrit et un homme en manteau de tweed, culottes de velours et casquette à carreaux entra.

« Où est le capitaine ? demanda-t-il.

– En déplacement. Je vous prie de vous en aller. »

Il sortit un revolver et le pointa sur elle. « Entrez là-dedans. » Il fit un signe de tête vers le bureau de Harry. « Ouvrez le coffre-fort. »

Ailsa glissa la main vers le châle.

Finch aperçut le mouvement et lui tira en pleine poitrine. Ailsa tomba à la renverse sur sa chaise, puis glissa par terre, inerte.

L'homme fouilla les tiroirs, trouva la clef, gagna le bureau de Harry et ouvrit le coffre-fort. Il tendait la main vers son contenu quand une balle l'atteignit à l'épaule. Il agrippa la blessure et se retourna. Livide mais implacable, Ailsa pointait sur lui un revolver. Il chercha du regard son arme, qu'il avait laissée sur la table de travail du capitaine. Le tenant soigneusement en joue, Ailsa la ramassa et la jeta dans un coin.

Tandis qu'il grognait, se tenant toujours l'épaule, Ailsa décrocha le combiné du téléphone et dit d'un ton mordant : « La police s'il vous plaît. »

Après avoir fait sa déposition, une fois la police repartie avec Finch, Ailsa téléphona à Harry. Il l'écouta avec horreur. « Il vous a tiré dessus ! s'exclama-t-il quand elle eut terminé son récit.

– Je portais un plastron, le rassura Ailsa.

– Vous êtes plus rusée que moi. Vous trouverez une enveloppe contenant un négatif et une photographie dans le coffre. Ne les regardez pas. Je ne veux pas que ces documents tombent entre les mains de la police. Appelez Phil Marshall, s'il vous plaît, et dites-lui de venir les chercher. Les policiers ne les ont pas vus ?

– Non, je leur ai dit qu'il n'avait pas eu le temps de prendre quoi que ce soit.

– Rentrez chez vous, Miss Bridge. Je vais directement à Scotland Yard. »

Harry fut introduit dans le bureau de Kerridge. « C'est une sale affaire, fit l'inspecteur divisionnaire. Le type qui a essayé de tuer votre secrétaire est un gibier de potence du nom de John Finch. Il prétend que lord Berrow l'a engagé, lui a fourni une arme et lui a ordonné de récupérer un négatif dans votre coffre, quitte à vous tuer. Nous avons envoyé un homme chercher le document en question à votre bureau. Ce n'est rien de plus que le cliché un peu osé d'une femme. Miss Bridge nous a expliqué qu'une de vos clientes vous avait payé pour récupérer ces documents. Selon elle, Berrow était au courant de l'existence du négatif et voulait l'utiliser pour ruiner la réputation de cette femme. »

Excellente Miss Bridge, pensa Harry.

« C'est vrai. Jamais je n'aurais imaginé que Berrow en viendrait à de telles extrémités. Il est évident que je ne peux vous révéler le nom de la dame. Elle n'a rien fait de contraire à la loi. Que comptez-vous faire concernant Berrow ?

– Le préfet de police de York est en ce moment même en route pour son domaine, afin de procéder en personne à son arrestation. »

Oh, magie du titre de noblesse. Si lord Berrow avait été M. Untel-d'on-ne-sait-où, la police se serait jetée sur lui sans crier gare. Mais le préfet de police commit l'erreur de lui téléphoner pour le prévenir qu'il venait l'entretenir d'une affaire grave et qu'il serait accompagné du chef de la police.

Berrow se hâta d'aller trouver Cyril, qui taquinait les boules dans la salle de billard. Celui-ci avait totalement approuvé le plan qui consistait à engager Finch.

« Il faut qu'on se tire des flûtes, annonça Berrow. La partie est terminée. »

Il fit part à son comparse de la visite imminente des autorités.

« Qu'allons-nous faire ?

– Quitter ce foutu pays, voilà ce que nous allons faire ! »

9

« La vie est l'art de tirer des conclusions suffisantes de prémisses insuffisantes. »

Samuel Butler

Berrow et Cyril se réfugièrent à Glasgow. La loi écossaise étant différente de la législation anglaise, ils pensaient qu'ils y seraient en sécurité, au moins pendant un moment.

Ils réservèrent une suite au Central Hotel, près de la gare, au nom des frères Richmond.

« Bah, maugréa Cyril en considérant la haute pile que formaient leurs bagages, tout ce bazar attire l'attention. On a dû faire appel à une escouade de porteurs pour parcourir les quelques mètres depuis la gare. Et puis j'en ai ma claque de ce camouflage. Je meurs de chaud là-dessous. » Comme Berrow, Cyril arborait une fausse barbe. Ils avaient réussi à gagner le Nord en empruntant une succession de lignes de chemin de fer secondaires avant d'arriver, exténués, à Glasgow.

« J'ai une idée, lâcha Berrow. Tu vois le bolide de Cathcart ?

– Oui, et alors ?

– On pourrait s'en dénicher un du même genre. Il y aurait assez de place pour nous et les bagages. On prend les routes de campagne jusqu'à Stranraer et, de là, on gagne l'Irlande. Un endroit formidable pour se cacher, l'Irlande. »

Ils avaient tous deux emporté une coquette somme en espèces et des objets de valeur. La mise en garde de la police leur avait également laissé le temps de transférer leurs comptes dans une banque suisse.

« Brillante idée », dit Cyril.

Ce soir-là, les deux olibrius demandèrent à la réception où trouver un vendeur d'automobiles et obtinrent l'adresse d'une grande enseigne à Giffnock.

Ils se mirent en route le lendemain matin. L'auto qui faisait à ce moment-là la fierté du vendeur était une Rolls-Royce et Berrow décida qu'elle serait parfaite. Il paya en liquide, à la grande joie du vendeur, qui découvrit bientôt avec consternation que ni l'un ni l'autre ne savaient conduire.

Cyril se vit octroyer une leçon. Au bout de deux heures, il fut d'avis qu'il connaissait l'essentiel, c'est-à-dire démarrer et avancer. Du moment qu'on ne lui demandait pas de faire marche arrière, il se sentait capable de se débrouiller. Les deux compères regagnèrent le centre-ville et achetèrent la panoplie du parfait automobiliste : un manteau en cuir, un bonnet assorti et des lunettes de conduite. Berrow agrémenta sa tenue d'un long foulard de soie blanche.

Craignant les embouteillages, ils rentrèrent à l'hôtel en cab. Ils attendirent le lendemain matin et furent obligés de louer deux des nouveaux taxis-cabs motorisés que l'on trouvait à Glasgow pour les transbahuter, eux et leur pile de bagages, chez le vendeur d'autos.

Enfin, ils se mirent en chemin, Cyril grimaçant de concentration derrière le volant, tandis que Berrow étudiait les cartes d'état-major. Leur plan était d'emprunter les routes de campagne jusqu'à Stranraer et de là, le ferry-boat jusqu'en Irlande. Ensuite, ils se terreraient un temps sur l'île d'Émeraude avant de prendre le bateau pour la France afin de finalement gagner la Suisse.

Il faisait beau, des nuages plumeux ornaient un ciel bleu clair. Les senteurs fraîches de la campagne inondaient l'auto décapotée. Cyril se détendait à mesure qu'il gagnait en confiance.

Les ennuis commencèrent quand ils traversèrent un village et qu'une jolie fille guigna la voiture, bouche bée d'admiration.

Une fois sortis du village, alors qu'une longue portion de route se déroulait droit devant eux,

Berrow cria : « Stop ! » Il était jaloux que Cyril se réserve le privilège de conduire.

Cyril arrêta brutalement l'auto. « Quoi ? Que se passe-t-il ?

– Laisse-moi prendre le volant.

– Tu ne sais pas conduire.

– Montre-moi. Juste comment la faire avancer.

– Oh, bon, d'accord. »

Ils échangèrent leurs places.

Au bout de plusieurs tentatives et après avoir calé un certain nombre de fois, Berrow parvint à mettre le véhicule en branle. Il enfonça la pédale d'accélération. La vitesse était limitée à quarante-cinq kilomètres à l'heure, mais la Rolls pouvait aisément atteindre les cent cinquante.

Les haies défilaient à toute allure en un éclair flou. « Doucement sur le champignon ! cria Cyril.

– Quoi ? hurla Berrow. Qu'est-ce qu'on s'amuse ! »

Alors qu'il abordait à tombeau ouvert un virage qui débouchait sur un pont en dos-d'âne, son foulard se plaqua contre son visage. Paniqué, Cyril agrippa le volant. L'auto fit une embardée et percuta violemment le parapet. La maçonnerie était ancienne et le mur s'effondra. Cyril fut catapulté sur la berge de la rivière, où sa tête heurta de plein fouet une pierre. Et il resta là, sans bouger.

Saisi d'horreur, Berrow hurla : « Tu vas bien ? », mais il était sûr que Cyril était mort.

Sentant la voiture vaciller, il en descendit avec

précaution et inspecta les dégâts. Les roues avant étaient suspendues dans le vide, à l'endroit où s'était trouvé le parapet.

Non sans mal, il rejoignit Cyril sur la berge. Il chercha son pouls, en vain.

Berrow regagna l'auto. Il lui faudrait marcher jusqu'au village pour trouver de l'aide. Ses mains tremblaient. Il alluma une cigarette et jeta l'allumette par terre, sans remarquer qu'une mare d'essence s'était formée.

Il y eut une énorme explosion et une boule de feu les emporta, lui et l'auto.

Harry devait accompagner Rose à un déjeuner et elle priait pour qu'il n'annule pas.

Ils seraient escortés de Daisy, bien sûr, mais aussi de Turner, la femme de chambre, et de deux valets de pied. Rose commençait à désespérer d'avoir un jour l'occasion de parler à Harry en tête à tête.

Le capitaine honora son engagement. Mais à table, Rose ne fut pas placée à côté de lui. Elle causa donc avec le gentleman à sa droite – du temps qu'il faisait – et le gentleman à sa gauche – de la situation du pays –, touchant à peine à son assiette et maudissant ce satané repas qui n'en finissait pas avec ses huit plats. Comme ce serait merveilleux, pensa-t-elle, de faire un baluchon avec toutes ces victuailles et de les apporter dans l'East End.

Enfin, l'hôtesse signala aux dames qu'il était

temps de la suivre au salon et de laisser ces messieurs déguster leur porto.

« Pourquoi avez-vous l'air aussi nerveuse ? chuchota Daisy.

– Pour rien. »

Rose voulait faire part à Harry de sa découverte. Un petit pincement de culpabilité l'avertit qu'elle aurait d'abord dû se confier à Daisy, mais elle mourait d'envie d'impressionner le capitaine en lui montrant qu'elle aussi pouvait mener l'enquête.

Enfin, les hommes firent leur entrée. On installa les tables de bridge et les yeux verts de Daisy étincelèrent comme ceux d'un chat. Aux cartes, elle était imbattable.

Harry s'approcha de Rose, qui murmura d'un ton pressant : « Je dois vous parler en privé.

– Il y a un jardin d'hiver à l'arrière de la maison. Allons-y. »

Dans la tiédeur moite de la serre, ils s'assirent sur un banc, devant un marbre de Niobé.

Harry prit la parole le premier. Rose l'écouta avec stupéfaction lui raconter que Berrow et Banks avaient engagé Finch et que sa secrétaire avait failli être tuée. « Le préfet de police de York va les arrêter. Vous comprenez ? Vous êtes hors de danger maintenant. C'est sans doute eux qui ont manigancé le meurtre de Dolly. »

La brillante déduction de Rose perdait de son éclat, pourtant elle ne se démonta pas. « Moi aussi j'ai découvert quelque chose. Je suis sûre que c'est Jeremy Tremaine qui a engagé Reg Bolton.

– Pourquoi ?

– Eh bien, à la soupe populaire, il y a un homme, un nécessiteux à l'accent cockney. Il a trouvé Dieu en prison. Et Jeremy est étudiant en théologie. Il a très bien pu visiter les prisonniers et en trouver un qui lui soit utile.

– Je reste convaincu que nous découvrirons que Berrow et Banks sont derrière tout cela. »

La déception de Rose était tellement manifeste qu'il s'empressa d'ajouter : « Pour vous rassurer, je peux me rendre dès maintenant à Wormwood Scrubs et contrôler le registre des visiteurs ecclésiastiques.

– Emmenez-moi avec vous. Je vous en prie !

– Très bien. Dites à Daisy de ramener Turner en cab. »

Dans d'autres circonstances, Daisy se serait montrée curieuse, mais, grisée par les cartes, elle se contenta d'un petit signe de tête.

À la prison, le directeur protesta qu'il était trop occupé pour satisfaire aux requêtes incessantes du capitaine Cathcart.

Un sourire éblouissant de Rose suffit à l'amadouer. Non seulement, il sortit les registres demandés, mais il offrit à la jeune femme de lui faire faire le tour du propriétaire.

La prison de Wormwood Scrubs était encore

plus grande que Rose ne l'avait imaginé. L'imposante bâtisse hébergeait un millier de prisonniers et deux cents prisonnières. Ils visitèrent les blanchisseries où les femmes s'activaient et les boulangeries où les prisonniers, dans leur affreux uniforme, préparaient du pain. Ils confectionnaient également des chaussures et des vêtements.

Rose fut déconcertée par le silence total dans lequel s'effectuait le travail. On se serait cru dans un monastère trappiste.

Le directeur la conduisit même dans la pièce où se trouvaient les triangles sur lesquels les prisonniers récalcitrants étaient attachés et fouettés avec le chat à neuf queues, un martinet à neuf lanières terminées par un nœud. Il alla jusqu'à sortir ledit martinet du tiroir dans lequel il était conservé afin que Rose puisse l'examiner. « Ça n'a l'air de rien comme ça, mais c'est diablement efficace. »

Rose réprima un frisson et suggéra qu'ils rejoignent Harry.

Le capitaine refermait justement les registres quand ils regagnèrent le bureau aux allures de baraquement.

Tandis qu'ils montaient en voiture, Harry dit à Rose : « Jeremy Tremaine est venu à la prison à six reprises au cours des mois qui ont précédé la mort de sa sœur. Reg Bolton était effectivement l'un des prisonniers à qui il rendait visite.

– Je me demande ce que Jeremy trouvera à répondre quand nous l'interrogerons.

– Nous ? Je pensais y aller seul avec Becket.

– Vous devez m'emmener ! C'était mon idée.

– Bon, je suppose que si Becket et Daisy nous chaperonnent, vos parents seront d'accord. »

À leur retour, lady Polly, folle de rage, exigea de savoir où ils avaient été, sans femme de chambre ni dame de compagnie. Rose prit le bras de Harry et lui sourit. « Nous avons simplement fait une petite promenade en auto, roucoula-t-elle. Nous voulions être seuls. »

Le cœur de Harry bondit dans sa poitrine, jusqu'à ce qu'il prenne conscience que, bien sûr, elle jouait la comédie.

Néanmoins, il leur fallut déployer des trésors de persuasion pour obtenir la permission de refaire une « petite promenade en auto » le lendemain, avec pour seuls chaperons Daisy et Becket.

Lady Polly finit par céder. La façon dont Rose souriait à Harry l'avait persuadée que sa tête de mule de fille était enfin amoureuse.

La petite troupe se mit donc en route le lendemain matin. Même la brume humide qui voilait le ciel ne put assombrir leur bonne humeur.

Daisy avait trop gagné aux cartes pour en vouloir à Rose de ne pas lui avoir confié son hypothèse concernant Jeremy.

Arrivés à Oxford, quand ils s'engagèrent dans High Street, la brume masquait encore les flèches et les pinacles des collèges. Même le sommet de Carfax Tower était hors de vue.

Daisy et Becket restèrent dans la voiture pendant que Rose et Harry gravissaient les marches de pierre usées qui menaient à la chambre de Jeremy.

« Nous avons de la veine, dit Harry. Nous n'avons pas droit au visage de bois.

– Qu'est-ce que ça veut dire ?

– Ce sont des portes doubles. Quand la porte extérieure est fermée, on appelle ça le visage de bois. Ça veut dire que vous êtes sorti ou que vous ne voulez pas de visites. »

Harry frappa et une voix faible lança : « Entrez. »

Il tint la porte à Rose puis la suivit à l'intérieur. Jeremy était vêtu d'une toge et coiffé d'un mortier.

« Qu'est-ce que vous voulez ? interrogea-t-il d'un ton rude. J'étais sur le point de sortir.

– Vous avez rendu visite à un certain Reg Bolton à Wormwood Scrubs à plusieurs reprises juste avant sa libération. Curieusement, il s'agit de l'homme qui a essayé de tuer lady Rose par deux fois.

– Je lui ai rendu visite comme à d'autres prisonniers. Je faisais mon devoir, apporter l'espoir chrétien à ceux qui souffrent.

– Et les victimes ? Qui pense à leur apporter l'espoir chrétien ? rétorqua Rose.

– Vous ne trouvez pas étrange, reprit Harry, qu'après le meurtre de votre sœur, un tueur du nom de Reg Bolton ait été engagé pour tuer lady Rose ? Un homme avec qui, justement, vous étiez en relation ? »

Le visage de Jeremy était cireux et ses yeux brûlaient de fureur. « Sortez d'ici, hurla-t-il. Comment osez-vous ? M'accuser d'avoir tué ma propre sœur !

– Vous n'avez pas fini d'en entendre parler, fit Harry. La police voudra sûrement vous interroger. Venez, Rose. »

Sur quoi Rose et Harry s'en allèrent.

« Je ne m'attendais certes pas à ce qu'il fasse des aveux, dit Rose tandis qu'ils traversaient la cour.

– Non, bien sûr. Le but était de le secouer un peu, histoire de voir s'il se trahirait. »

Daisy et Becket étaient assis à l'avant, dans un silence boudeur. Becket avait fait part à Daisy de ce qu'il considérait comme une brillante idée : économiser suffisamment d'argent pour acheter un petit pub à la campagne, dont Daisy pourrait tenir le bar. Furieuse, la jeune femme avait vertement rétorqué qu'elle ne s'abaisserait pas à devenir serveuse. Becket l'avait traitée de snob et lui avait asséné qu'avec ses grands airs, elle avait acquis des idées au-dessus de sa condition.

Le majordome conduisait, Rose et Harry montèrent donc à l'arrière.

Ils déjeunèrent au Randolph Hotel. Assis à une table séparée, Daisy et Becket se lançaient des regards furibonds dans un silence de mort.

« Je vais passer à Scotland Yard dès notre retour pour informer Kerridge de ces visites, dit Harry.

– Bonne idée. Je viens avec vous.

– Je crains que non.

– Pourquoi ?

– C'est un monde d'hommes. Certaines personnes voient mes visites à Scotland Yard d'un mauvais œil. Elles ont le sentiment que Kerridge ne devrait pas perdre son temps avec un amateur. La présence d'une femme, même aussi belle que vous, me discréditerait.

– Ce n'est pas juste !

– Je vous l'ai dit, c'est un monde d'hommes. »

Rose était désormais, tout comme sa dame de compagnie, trop furieuse pour parler. Harry tenta à plusieurs reprises de deviser de choses et d'autres, mais chaque fois, elle le fusillait du regard et refusait d'articuler le moindre mot.

Ce fut une voiturée silencieuse et fâchée qui reprit le chemin de Londres.

Harry se rendit tout droit à Scotland Yard. Kerridge enquêtait à l'extérieur sur une autre affaire, Harry attendit donc patiemment son retour, tandis que, de l'autre côté de la fenêtre, la brume s'épaississait sur la Tamise.

Enfin, Kerridge revint et écouta avec surprise le récit des visites de Jeremy aux prisonniers.

« Je le fais immédiatement arrêter pour l'interroger, déclara l'inspecteur.

– Cela ne servirait pas à grand-chose pour le moment, tempéra Harry. Tout ce qu'il aurait à faire, c'est afficher un air outré. Personne ne croira qu'il a joué un rôle dans le meurtre de sa sœur. J'aimerais inspecter la demeure qu'ils avaient louée pour la Saison.

– Qu'espérez-vous y trouver ? Elle aura été récurée de fond en comble.

– Je ne sais pas. Il suffirait d'un détail.

– Soit. Alors je vous accompagne.

– Vous êtes sûr que les domestiques présents à l'époque n'ont rien vu ni entendu ?

– À l'exception d'un valet de pied embauché par l'intermédiaire d'une agence, les domestiques étaient les mêmes qu'à la campagne. J'ai cru comprendre qu'Apton Magna était un village assez pauvre. Ils n'auraient rien dit qui risquait de leur faire perdre leur place. »

L'étroite maison que les Tremaine avaient louée dans Clarges Street était vide. Kerridge et Harry obtinrent la clef auprès du mandataire et la fouillèrent de fond en comble, prenant soin d'examiner chaque recoin. Harry alla jusqu'à ramper sur le plancher à la recherche d'éventuelles traces de sang qui seraient passées inaperçues.

« Elle pourrait avoir été tuée ici, observa Harry. Elle n'a certainement pas été poignardée dans la barque, il y aurait eu beaucoup plus de sang.

– Effectivement, d'après le légiste, le costume

lui a été enfilé après la mort et le sang provenant de la blessure à la poitrine a suinté à travers le tissu.

– Vous ne m'en aviez rien dit.

– Je vous rappelle que vous n'appartenez pas aux forces de police et j'ai beaucoup d'autres affaires sur le feu. D'ailleurs, si vous avez fini, j'aimerais rentrer à Scotland Yard. »

« Je déteste que l'on m'évince au prétexte que je suis une femme, ragea Rose en faisant les cent pas dans son boudoir. Je voudrais lui montrer que je peux être meilleure enquêtrice que lui. Et si nous allions à Apton Magna pour voir comment les parents Tremaine prennent le fait que leur précieux rejeton frayait avec un criminel. Comment sortir d'ici sans Turner et deux valets sur les talons ?

– J'ai une idée, avança Daisy. Vous vous souvenez de cette échelle qu'on a utilisée pour escalader le mur du jardin ? Elle y est toujours. Si nous partons vers, disons, cinq heures du matin, tout le monde dormira encore à poings fermés. Nous pourrions filer en douce à Paddington et prendre le premier train.

– C'est exactement ce que nous allons faire ! » s'enthousiasma Rose.

Harry se mit à la recherche du valet de pied temporairement embauché par les Tremaine. Il s'appelait Will Hubbard et habitait au 5 Sweetwater Lane dans la Cité de Londres.

Après le grand incendie de 1666, on avait voulu faire renaître des cendres de la ville médiévale une cité moderne, aux avenues larges et aérées. Mais devant la levée de boucliers des propriétaires, qui réclamaient des dédommagements astronomiques si une rue coupait l'endroit où s'élevaient jadis leurs bâtisses, la nouvelle cité, plaque tournante du commerce à Londres, fut reconstruite à l'identique et resta le labyrinthe de ruelles étroites et tortueuses qu'elle était au Moyen Âge.

Située juste au nord de Ludgate Circus, Sweetwater Lane se composait de deux rangées d'immeubles noircis. Le numéro cinq comptait une grande quantité de sonnettes. Harry en actionna plusieurs. Chaque palier était doté d'un levier qui permettait d'ouvrir la porte d'entrée à distance. Une fois que Harry fut dans le hall, plusieurs voix lui demandèrent ce qu'il voulait.

« Will Hubbard », cria-t-il. Des claquements de porte se firent entendre, puis le taudis plongea dans le silence.

Il monta l'escalier, s'arrêtant pour frapper à chaque logis, mais personne ne lui répondit jusqu'à ce que, au tout dernier étage, une vieille dame entrebâille sa porte. « Je suis le capitaine Cathcart, annonça Harry. J'aide Scotland Yard pour une enquête. »

La porte commença à se refermer. Il glissa son pied dans l'entrebâillement et sortit une pièce d'une guinée. Le battant s'ouvrit en grand. Des doigts pareils à des serres attrapèrent la pièce.

« Entrez. Qu'est-ce que vous voulez savoir ? »

Sommairement meublé, le réduit comptait une table et deux chaises, ainsi qu'un lit de fer dans un coin. Près de la fenêtre, une linotte chantait dans une cage d'osier.

« Savez-vous où je peux trouver William Hubbard ?

– Au cimetière.

– Que lui est-il arrivé ?

– Une nuit, il y a quelques mois, j'ai entendu des cris puis un hurlement perçant. Il y a souvent du grabuge par ici. Au matin, je suis sortie acheter du lait. Il occupait le galetas du dessous. La porte était grande ouverte et il gisait dans une mare de sang. Il avait été suriné. Ça m'a drôlement secouée. Je suis sortie et j'ai prévenu le premier argousin que j'ai croisé. D'autres agents sont venus et puis des inspecteurs. Personne m'a rien dit. C'est rien qu'une bande de scélérats de toute façon. Ensuite sa pauvre sœur est venue. Elle était dans un état ! Je l'ai fait monter dans mon gourbi et je lui ai préparé du thé.

– Vous savez où elle habite ?

– Elle me l'a marqué sur un bout de papier pour que je la prévienne si quelque chose me revenait.

– Vous l'avez encore ce papier ? »

La vieille dame gagna la cheminée et sortit un

morceau de papier de derrière une Vierge Marie en plâtre.

« Je peux le garder ?

– Oui, j'en ai pas b'soin. Je pourrai rien lui apprendre de plus que ce que je viens de vous dire. »

Une fois dehors, Harry lut le papier. Miss Emily Hubbard, femme de chambre d'une certaine Mrs Losse. Il y avait une adresse à Launceston Place, dans Kensington.

Harry s'y rendit sur-le-champ. Il sonna, tendit sa carte au majordome et expliqua qu'il souhaitait s'entretenir avec Miss Hubbard.

« Attendez là », fit le domestique, le laissant dans une entrée qui n'était rien de plus qu'un étroit couloir.

Harry patienta. Le majordome redescendit l'escalier, suivi d'une vision exquise. Assurément, il ne pouvait s'agir de la femme de chambre.

« Capitaine Cathcart, roucoula la créature d'une voix rauque mâtinée d'un léger accent. J'ai toujours voulu vous rencontrer. Je suis Mrs Losse. Je vous en prie, venez au salon et expliquez-moi pourquoi vous voulez parler à Emily. »

Mrs Losse avait une imposante chevelure auburn massée sur sa petite tête. Sa poitrine parfaite et sa taille de guêpe étaient mises en valeur par une robe de soie verte assortie à ses immenses yeux pétillants.

Elle écouta Harry lui parler du meurtre de William Hubbard. « J'ai le sentiment que ce crime est lié à une enquête que je mène, conclut-il.

– Comme c'est fascinant ! J'ai lu beaucoup de choses sur vous dans les journaux. Vous êtes si courageux ! Vous avez sauvé tellement de gens dans cet épouvantable accident de train. »

Ils étaient assis l'un à côté de l'autre sur un divan. Elle posa la main sur le bras de Harry et se pencha vers lui. Elle portait un parfum entêtant. La pensée de sa fiancée, de sa froideur, traversa brièvement l'esprit du capitaine et il ressentit une pointe d'aversion pour Rose.

« Me permettez-vous de m'entretenir avec Miss Hubbard ? » s'enquit Harry. Qu'arrivait-il à sa voix ? Elle était pareille à un croassement. Mrs Losse lui lança un sourire langoureux et agita une clochette d'argent posée sur la table devant elle.

Quelques instants plus tard, une petite femme effacée entra dans la pièce. Son apparence tranchait avec la beauté époustouflante de sa maîtresse. Harry se demanda si c'était pour cela qu'elle avait été engagée.

« Vous pouvez vous asseoir, Emily, dit Mrs Losse. Voici le capitaine Cathcart. Il a décidé d'enquêter sur le meurtre de votre frère. »

Emily s'installa tout au bord d'un fauteuil. « Oh, Monsieur, fit-elle en se tordant les mains. J'avais peur que personne ne découvre jamais quoi que ce soit.

– Parlez-moi de lui, demanda Harry avec douceur.

– C'était un homme bon et dur à la tâche. Il aimait travailler pour le bureau de placement. Il y a tellement de banquets et de soirées qu'il y a toujours de la demande pour des extras, sans compter que ça le dispensait d'être attaché à un seul maître. »

Je me demande s'il faisait chanter les Tremaine, songea Harry. Puis à voix haute : « Votre frère a-t-il évoqué une rentrée d'argent dernièrement ? »

Elle eut un petit rire triste. « C'était un rêveur. Je l'ai vu juste avant qu'il ne soit tué, pendant mon jour de repos. Nous nous sommes promenés sur le London Bridge. Il m'a dit qu'il comptait acheter un petit cottage à la campagne et qu'il élèverait des poules et des cochons.

– C'était la première fois qu'il en parlait ? »

Elle soupira. « Oh non, c'est un rêve qu'il avait toujours eu.

– A-t-il fait allusion à des amis riches ou influents ?

– Non, Monsieur. Il n'a mentionné que les domestiques qu'il avait rencontrés dans ses différentes places. »

Harry promit que, s'il découvrait quoi que ce soit, il le lui ferait savoir immédiatement. Emily fut congédiée. Harry se leva pour partir.

« Il faudra revenir me voir, susurra Mrs Losse en le raccompagnant à la porte. Elle se tenait tout près de lui dans l'étroit couloir, levant son visage ensorcelant vers le sien.

« Oui, comptez sur moi.

– Promis ? »

Ses yeux brillaient, aguicheurs. Harry éclata de rire.

« Promis. »

Harry fila tout droit à Scotland Yard, mais Kerridge étant rentré chez lui depuis une éternité, il indiqua qu'il reviendrait le lendemain matin. De retour chez lui, il exposa à Becket les derniers développements de l'enquête.

« Ne devriez-vous pas en parler à lady Rose ? suggéra le majordome.

– Non, sûrement pas. Elle voudra encore m'accompagner à Scotland Yard. J'ai déjà assez de problèmes avec certains membres des forces de l'ordre qui me considèrent au mieux comme un dilettante, au pire comme un fouineur. Lady Rose est impétueuse. Avec elle à mes côtés, j'aurais l'air d'être sous la coupe d'un tyran en jupons et ça me compliquerait encore la tâche. Kerridge est très serviable, mais il ne me dit pas tout car je ne suis pas de la maison. Quant à l'inspecteur Judd, il désapprouve ma présence et ne s'en cache pas. Je passerai la voir après avoir parlé à Kerridge.

– Il se fait tard, fit observer Becket. Vous étiez censé dîner chez les Hadfield ce soir.

– Eh bien maintenant, je suis vraiment dans le pétrin », grogna Harry.

« C'est une honte, s'écria lady Polly au dîner ce soir-là. Le capitaine Cathcart ne prend même plus la peine de téléphoner pour excuser son absence. Je suis furieuse contre lui et le lui ferai savoir.

– J'espère qu'il va bien, tempéra Daisy. Je suis sûre qu'il a eu un empêchement très important. »

Mrs Barrington-Bruce était du nombre des invités. Elle éclata d'un grand rire. « C'est sûr, pour un homme, c'était important.

– Vous savez quelque chose ? s'enquit Rose.

– Seulement qu'un de mes valets, qui promenait mes petits chiens autour de Launceston Place, m'a rapporté que juste avant que je ne parte pour venir ici, le capitaine Cathcart était entré chez une certaine Mrs Losse.

– Qui est cette femme ? interrogea Rose.

– Une créature d'une grande beauté. Une demi-mondaine.

– Ce devait être pour une de ses enquêtes », assura Rose.

Mrs Barrington-Bruce lui adressa un regard plein de pitié. « Oh, ma pauvre enfant. Vous êtes si *innocente*. »

Rose était tellement en colère qu'elle dormit à peine cette nuit-là. Elle était bien décidée à se rendre à Apton Magna. Elle se rejouait inlassablement la scène où elle remettait à Kerridge la preuve que Jeremy était le meurtrier et laissait le commissaire informer Harry qu'elle avait résolu l'affaire.

À cinq heures du matin, Daisy et elle descendirent au rez-de-chaussée sur la pointe des pieds et gagnèrent le jardin situé à l'arrière de la maison. Elles grimpèrent sur le mur à l'aide de l'échelle, qu'elles firent ensuite glisser de l'autre côté.

Dans l'allée, elles prirent leurs jambes à leur cou. Par chance, après la place, elles tombèrent sur un cab et demandèrent au cocher somnolent de les emmener à la gare de Paddington, où Rose acheta deux billets de première classe.

Une fois le train en route, Daisy s'endormit, sa tête dodelinant contre la têtière en dentelle. Assise raide comme un piquet, Rose fixait sans la voir une mauvaise peinture de la ville côtière de Deal suspendue en face d'elle.

On étouffait dans la voiture, alors elle tira d'un coup sec sur la sangle de cuir qui servait à abaisser la vitre. Au même moment, le train plongea dans un tunnel et la voiture fut envahie de fumée. Elle toussa, manqua s'étrangler et remonta brusquement la fenêtre.

Lorsqu'un garçon annonça que le petit déjeuner était servi, Rose réveilla Daisy et elles rejoignirent la voiture-restaurant.

Elles mangèrent en silence. Daisy commençait à douter que Becket fasse un bon mari et Rose ne décolérait pas contre Harry.

À Oxford, elles changèrent pour le train de Moreton-in-Marsh. La locomotive graillonnait, râlait, renâclait, cheminant lentement de gare de campagne en gare de campagne, stationnant dans chacune d'elles pendant ce qui semblait une éternité avant de se remettre en route en brinquebalant.

Elles trouvèrent un cab devant la gare de Moreton. Rose donna l'ordre au cocher de les mener au presbytère d'Apton Magna et de les y attendre.

« On est dimanche, souligna Daisy. Ils seront probablement à la messe. »

En descendant du cab, elles virent les fidèles entrer dans l'église.

À l'intérieur, les bancs ressemblaient à ceux que l'on trouvait dans les trains. « Montons dans la tribune, chuchota Rose. Nous aurons une meilleure vue de là-haut. »

Elles s'assirent près de la balustrade et regardèrent en bas. Une odeur de misère crasseuse montait de la nef et Rose porta un mouchoir parfumé à son nez.

« Je me demande, murmura-t-elle à Daisy, pourquoi le recteur s'est retrouvé dans une paroisse aussi pauvre. Quelque chose dans son passé a dû jouer en sa défaveur. »

Elles se levèrent pour le premier cantique. Tandis qu'elles chantaient, Rose vit le recteur en chasuble descendre la nef. Il monta l'escalier menant à la chaire, empoigna les ailes de l'aigle doré qui ornait le lutrin et baissa les yeux vers les fidèles.

« Regardez ! » souffla Rose à la fin du cantique. Jeremy Tremaine s'approchait d'un pupitre situé sous la chaire.

Il commença la lecture de l'Apocalypse selon saint Jean : « Celui qui était assis avait l'aspect d'une pierre de jaspe et de sardoine ; et le trône était environné d'un arc-en-ciel semblable à de l'émeraude.

– C'est quoi une pierre de sardine ? murmura Daisy.

– Chut ! »

La voix de Jeremy continuait de s'élever, tel un bourdonnement soporifique : « Je regardai, et voici que parut un cheval d'une couleur pâle. Celui qui le montait se nommait la Mort. »

Il leva pieusement les yeux et son regard tomba sur Rose et Daisy. Il referma brusquement sa bible et descendit la nef à grands pas. Mr Tremaine considéra avec surprise la silhouette de son fils qui s'éloignait, puis avisa la galerie. Lorsqu'il aperçut les deux jeunes femmes, pendant un bref instant, son visage revêtit le masque de la fureur.

Sur quoi le cantique suivant commença.

La femme de chambre de Rose, Turner, attendait que sa maîtresse la sonne. Comme rien ne venait, elle alla dans la chambre de Rose. La trouvant vide, elle vérifia le boudoir, puis la chambre de Daisy.

L'inquiétude la gagna. Pas plus tard que l'autre

jour, lady Polly avait menacé de la renvoyer si elle tentait de dissimuler les extravagances de sa fille.

Elle descendit à la salle du petit déjeuner. « Madame, dit-elle. Lady Rose n'est pas dans sa chambre. Miss Levine non plus. »

Le comte et la comtesse la dévisagèrent avec inquiétude.

Brum toussa discrètement. « D'après le cocher, l'échelle qui était dans le jardin se trouvait ce matin dans l'allée qui longe les écuries. Il y avait aussi des empreintes de bottines dans la boue.

– Bon sang de bois, qu'ont-elles encore inventé ! rugit le comte. Allez me chercher Cathcart ! »

Tandis qu'elles descendaient de la galerie, Rose dit : « J'ai le sentiment que nous avons commis une grosse erreur. Il faut que nous déguerpissions au plus vite.

– Je suis bien d'accord », acquiesça Daisy avec un soupir de soulagement.

Elles durent faire la queue pour sortir. Les uns après les autres, les paroissiens saluaient le recteur à la porte de l'église.

« Nous étions dans les environs, expliqua Rose lorsque vint leur tour, et nous avons eu l'idée de visiter votre charmante église. »

Elle tendit la main, déterminée à prendre congé rapidement et à gagner aussi vite que possible le cab qui les attendait. Mais le recteur enserra fermement sa main. « Restez donc un peu. Pouvons-nous vous offrir un rafraîchissement ? Ah, voici ma femme. Mrs Tremaine, emmenez donc ces dames à l'intérieur.

– Je crains que nous ne puissions rester, protesta Rose en essayant de dégager sa main. Notre attelage nous attend. »

Il se retourna. « Un attelage ? Quel attelage ? »

Rose regarda autour d'elle, consternée. « Je lui avais pourtant demandé de nous attendre. Cela n'a aucune importance, il fait beau ! Venez Daisy, nous irons à pied.

– Marcher ? Quelle drôle d'idée ! s'exclama Mrs Tremaine. Venez au presbytère, notre calèche vous ramènera. »

Elle est aussi amicale que d'ordinaire, pensa Rose. Décidément, j'ai trop d'imagination.

« D'accord. Juste quelques instants alors. C'est très aimable à vous. »

Harry parlait à Kerridge du meurtre de Will Hubbard. « Ça ne peut pas être une coïncidence, admit Kerridge. Nous allons arrêter les Tremaine, cela devrait délier la langue des domestiques. »

Judd entra et annonça d'un ton lugubre : « Lord Hadfield vient de téléphoner. Il prie le capitaine Cathcart de venir immédiatement.

– Je suis occupé. Lady Rose va bien ?

– Elle a disparu. Le personnel du comte pense qu'elle a filé cette nuit en escaladant le mur du jardin.

– Quoi ? » Harry lança un regard atterré à Kerridge. « Qu'est-ce qui lui est encore passé par la tête ?

– J'espère qu'elle n'a pas décidé d'aller à Apton Magna.

– Sacré nom d'un chien. La connaissant, c'est exactement ce qu'elle a fait. Elle voulait venir avec moi ce matin et j'ai refusé. Cette tête de mule a probablement décidé d'enquêter sur les Tremaine elle-même. » Il se tourna vers Judd. « Dites à lord Hadfield que je suis certain de savoir où est sa fille et que je vais la chercher. Kerridge, prenons mon auto. Elle est plus rapide.

– Je préviens la police d'Oxford, ils seront sur place avant nous.

– Surtout pas, objecta Harry. Si les Tremaine sont coupables, en voyant des agents de police arriver, ils pourraient s'en prendre à Rose et à Daisy. Nous passerons par Oxford et demanderons une escorte. »

« Comme c'est prévenant de votre part de revenir nous voir, pépia Mrs Tremaine en servant le thé. C'est un honneur. »

Le recteur et son fils se muraient dans le silence.

« Vous êtes très aimable, dit Rose, mais nous devons vraiment partir.

– Notre calèche sera bientôt là. Prenez un autre biscuit. »

Daisy roulait des yeux effarés. Pourquoi sommes-nous venues ici ? pensa Rose avec désespoir. Personne ne sait où nous nous trouvons. Mais que pourraient-ils nous faire ? Je ne vais certainement pas interroger Jeremy sur ses visites en prison maintenant.

Le recteur finit par prendre la parole : « À qui rendiez-vous visite dans le voisinage ?

– À personne en particulier, répondit Rose. La campagne est si jolie par ici, et après Londres, nous avions grand besoin d'air frais.

– Je suis surprise, souligna Mrs Tremaine, qu'une lady telle que vous voyage dans une vulgaire voiture de louage et avec sa dame de compagnie pour seule escorte.

– J'apprécie un peu de liberté de temps à autre. Bon, il faut vraiment que nous vous laissions. Si votre calèche n'est pas prête, nous marcherons. » Elle se leva. « Venez, Daisy.

– Encore une minute, lui enjoignit Mrs Tremaine. Je pleure encore ma petite fille. L'autre jour, je suis tombée sur des affaires à elle au grenier. Eh bien figurez-vous que la pauvre chérie tenait un journal intime. »

L'occasion était trop belle. « Peut-être pourrais-je le voir ? s'enquit Rose.

– Bien sûr. Suivez-moi.

– Attendez-moi là, Daisy.

– Sûrement pas. Je viens avec vous. »

Mrs Tremaine ouvrit la marche vers le dernier étage de la maison. Elle ouvrit une porte basse et entra dans un grenier. « Venez. Ses affaires sont ici. »

Rose et Daisy la suivirent. Mais la porte claqua derrière elles et la clef tourna dans la serrure. C'était donc un piège !

Elles tambourinèrent à la porte en hurlant. Une bonne ou un valet les entendrait sans doute. Seulement, en y repensant, elles n'avaient croisé aucun domestique. Et Mrs Tremaine avait préparé et servi le thé elle-même.

« C'est Jeremy ! s'écria Rose. Il a probablement couru jusqu'ici pendant la messe et donné congé au personnel pour la journée. Ensuite il a dû exposer son plan à sa mère. Je ne crois pas qu'elle était à l'église à notre arrivée. Elle est sans doute venue à la fin du service.

– Il y a des barreaux à la fenêtre, fit remarquer Daisy. Il faut qu'on trouve un moyen de sortir d'ici. »

Elles s'assirent en silence jusqu'à ce que Rose chuchote : « Écoutez. J'entends des voix. Elles viennent de la cheminée. »

Elles s'accroupirent à côté du minuscule âtre. Les voix de la famille Tremaine montaient jusqu'à elles. Jeremy dit : « Nous devons nous assurer qu'elles sont venues de leur propre chef. Je suis persuadé que ses parents ignorent qu'elle est ici.

– Je vais prendre la carriole, répondit Mrs Tremaine, et aller à la cabine téléphonique de Moreton pour appeler le comte. Je dirai que je suis encore bouleversée par la mort de Dolly et qu'il faut que je parle à lady Rose.

– On vous répondra seulement qu'elle n'est pas là, répliqua le recteur.

– Je suis très bonne actrice. Laissez-moi faire. »

Les voix s'éloignèrent.

Rose et Daisy échangèrent des regards inquiets. « Seigneur, faites que Brum se contente de répondre que je ne suis pas à la maison et qu'il n'entre pas dans les détails. Les Tremaine n'oseront pas s'en prendre à nous s'ils pensent que quelqu'un sait où nous sommes.

– J'ai été tellement détestable avec Becket, sanglota Daisy. Je ne veux pas mourir sans qu'il m'ait pardonné. »

Mrs Tremaine demanda à l'opératrice de la mettre en relation avec la résidence du comte. C'est Brum qui décrocha. « Pourrais-je parler à lady Rose ? s'enquit la femme du recteur d'une voix chevrotante.

– Je crains qu'elle ne soit sortie.

– Oh là là, gémit Mrs Tremaine. Elle m'a tellement aidée à surmonter mon chagrin. Je-je ne sais pas quoi faire. »

Clabaudeur invétéré, Brum ne put s'empêcher d'ajouter, baissant la voix : « Entre vous et moi, Madame, lady Rose est sortie en cachette ce matin et personne ne sait où elle est. Lady Rose a toujours été une forte tête.

– Merci, Brum. Je rappellerai. »

« J'entends un attelage », dit Rose. Elles s'accroupirent de nouveau près de la cheminée.

Le conduit devait descendre jusqu'au salon, pensa Rose, car elle entendit clairement Mrs Tremaine annoncer : « Elle est sortie en cachette ce matin et personne ne sait où elle est.

– Bien, assena Jeremy. Attendons que la nuit tombe. »

Rose regarda convulsivement autour d'elle. « Il faut que nous sortions d'ici. Ils sont complètement piqués. S'il nous arrive quelque chose, le capitaine pensera immédiatement à Apton Magna et interrogera les cabs qui chargent des clients à la gare. »

Daisy s'approcha de la porte et colla son œil au trou de la serrure. « Ils ont laissé la clef. Peut-être que je peux la déloger. Il nous faudrait une feuille de papier ou un morceau de carton à glisser sous la porte.

– Il y a une vieille malle là-bas, observa Rose. Je vais jeter un œil dedans. » Elle ouvrit le couvercle à toute volée. « Des livres d'école. Exactement ce qu'il nous faut. »

Elle arracha la couverture d'un des manuels et la donna à Daisy.

Celle-ci glissa le morceau de carton sous la porte, puis retira une de ses épingles à chapeau et l'enfonça dans la serrure. « Ça ne sert à rien, soupira-t-elle enfin en s'accroupissant. Il me faudrait une tige de métal bien droite. Je sais ! Mon corset ! »

Daisy ôta son manteau et sa robe, et Rose l'aida

à enlever son corset. Puis Rose sortit une petite paire de ciseaux de son réticule, défit les coutures et extirpa une des baleines. Après s'être rhabillée, Daisy se mit au travail. Une heure s'écoula, pendant laquelle Rose fit les cent pas, avant que Daisy ne s'écrie : « Ça y est ! »

Elle tira le carton sous la porte et récupéra la clef.

« Pas un bruit, maintenant, lui enjoignit Rose. Enlevons nos souliers. »

Elles se déchaussèrent. Daisy ouvrit doucement la porte, puis la referma à clef derrière elles.

Leurs bottines à la main, elles descendirent l'escalier à pas de loup. La maison était plongée dans le silence. « La porte de derrière », chuchota Daisy.

Elles gagnèrent l'office sur la pointe des pieds, ouvrirent la porte de derrière et se retrouvèrent dehors. Après s'être rechaussées, elles passèrent la porte du jardin et se mirent à courir à travers champs.

Au bout d'un moment, Rose s'arrêta. « Nous ferions mieux de faire le tour pour revenir à la grand-route, ou bien nous allons nous perdre.

– Il y a une ferme là-bas, fit Daisy. Allons-y et demandons à quelqu'un d'aller chercher la police.

– On ne peut faire confiance à personne, objecta Rose. Le fermier est probablement un locataire des Tremaine et c'est eux qu'il préviendra en premier. En tournant à gauche, nous devrions tomber sur la route qui mène à Moreton. »

Elles avançaient avec peine, jetant des regards inquiets à droite et à gauche.

Elles finirent par atteindre la route. « Enfin libres ! » s'exclama Rose tandis qu'elles partaient à grandes enjambées en direction de Moreton.

Mais au débouché d'un virage, Rose laissa échapper un cri d'épouvante. Jeremy et son père émergeaient d'un bosquet.

Ils se ruèrent sur elles. « Attrape la bonne, cria le recteur. Je m'occupe de l'autre. » Daisy hurla de terreur et, quand Jeremy s'approcha d'elle, lui décocha de toutes ses forces un coup de pied à l'entrecuisse. Plié en deux de douleur, il s'effondra. Quant à Rose, elle tira une épingle de son chapeau et la planta dans le bras du recteur. Sans broncher, il la souleva et l'entraîna vers les arbres. Daisy lui sauta sur le dos et lui planta ses ongles dans les yeux.

Soudain, la Rolls du capitaine surgit à toute allure, manquant les renverser. Harry écrasa la pédale de frein et sauta de voiture. Le recteur lâcha Rose et resta là, tête pendante, tandis que Daisy se laissait glisser de son dos. Elle vit Becket s'extraire de l'auto, se jeta dans ses bras et l'embrassa fougueusement.

Une voiturée de policiers, qui suivait l'auto de Harry, s'arrêta. Rapidement menottés, le père et le fils furent mis en garde : tout ce qu'ils diraient pourrait être retenu contre eux.

Submergée par le soulagement, Rose courut vers

Harry. « Espèce d'idiote, gronda-t-il, furieux. Vous auriez pu être tuée. »

Rose, qui avait été sur le point de se jeter dans ses bras, eut un mouvement de recul. Les joues en feu, elle rétorqua avec colère : « Sans moi, vous n'auriez jamais découvert que c'était eux ! » Sur quoi, elle fondit en larmes.

« Je suis navré, se radoucit Harry. J'étais tellement inquiet pour vous. » Il tenta de l'enlacer, mais elle se détourna.

Daisy s'avança et passa un bras autour des épaules de Rose. « Tout doux, ma chérie, murmura-t-elle. C'est fini. »

Épilogue

« Une fois encore, ce me semble, je les vis
(Un rêve, bien sûr, j'en suis conscient),
Cette élégante et noble compagnie
D'il y a au bas mot cinquante ans.
Les hommes en redingote, hautains et fiers
d'eux,
Les femmes empanachées d'un nuage soyeux,
Tandis qu'au milieu d'eux soudain apparut
(La vision toujours m'en restera gravée)
Le monarque gobelotant du champagne rosé,
Sa barbe d'un immense sourire fendue. »

James Laver

À Scotland Yard, les membres de la famille Tremaine furent interrogés séparément. Harry obtint l'autorisation d'assister aux interrogatoires.

Chacun se dit anéanti par la mort de Dolly et outré par la visite de Rose, considérant qu'elle s'était immiscée dans ce qui ne la regardait pas et avait rouvert des blessures encore fraîches.

Pendant une pause, Harry prit Kerridge à part. « Vous devriez faire remarquer à Jeremy qu'à moins qu'il n'avoue le meurtre, sa mère et son père seront pendus eux aussi.

– C'est lui le plus coriace des trois, souligna Kerridge. Au fait, on a retrouvé Berrow et Banks.

– Où ? Comment ?

– À environ soixante kilomètres au sud de Glasgow. En passant un pont, leur automobile a percuté le parapet. Banks a été éjecté, sa tête a heurté un rocher et il a été tué sur le coup. Quant à Berrow, il est parti en flammes avec l'auto. Au moins, cela aura évité deux procédures coûteuses à l'administration. Banks était nu comme un ver, sans doute détroussé par les gredins du coin. Nous avons fouillé les maisons du village voisin, sans résultat. Ils ont dû enterrer ses affaires quelque part en vue de les récupérer plus tard, quand ils penseront qu'on ne s'intéresse plus à eux. Berrow a dû prendre le volant après avoir passé l'agglomération, car les villageois affirment que c'était Banks qui conduisait.

– Bon débarras, lâcha Harry. Retournons questionner Jeremy. »

En entrant dans la salle d'interrogatoire, Harry fut de nouveau frappé par la différence d'allure entre le jeune homme au dos voûté et sa sœur à la beauté époustouflante.

Jeremy leva vers eux des yeux mornes. Il avait

refusé l'aide d'un avocat, clamant qu'il était innocent.

« Je crois que vous ne saisissez pas la gravité de la situation, Mr Tremaine », commença Kerridge. Il prit place en face du jeune homme ; Judd s'installa à ses côtés et Harry dans un coin de la pièce, près d'un agent qui prenait des notes.

« Je n'ai rien fait de mal, déclara Jeremy. Dieu m'en est témoin.

– Comprenez-vous qu'à cause de votre silence, vous finirez pendus tous les trois ? Vous voulez être responsable si vos parents finissent à la potence ?

– Vous n'avez aucune preuve.

– En ce moment même, vos domestiques s'épanchent. La nuit où Dolly a été tuée, ils l'ont entendue crier “Non ! S'il te plaît !”. Nous détenons la preuve que vous avez rendu visite à Reg Bolton en prison. Son portefeuille était rempli de billets et je suis sûr que nous pourrons en remonter la trace jusqu'à votre banque. Vous avez tué le valet, Will Hubbard, ou vous avez demandé à Bolton de le faire pour vous. En ce moment même, la police interroge les habitants de Sweetwater Lane, armée de photographies de vous et de Bolton. Même sans preuves directes, il y a assez de preuves circonstancielles pour vous faire pendre, vous et vos parents. »

Jeremy enfouit son visage dans ses mains.

La voix de Harry s'éleva soudain du coin de la pièce : « Si elle avait été votre sœur, vous ne l'auriez pas tuée. Mais elle ne l'était pas vraiment, je me trompe ? Allez, mon vieux, lâchez le morceau. La confession est salutaire pour l'âme, sans compter que vous serez doublement damné si vous laissez pendre vos parents. »

Jeremy se mit à sangloter. Kerridge et Harry patientèrent. Enfin, il s'essuya les yeux avec sa manche. « Très bien, articula-t-il d'une voix lasse. Je vais tout vous raconter. Pour commencer, c'est la faute de Père. Il avait une bonne paroisse dans l'Oxfordshire, mais il a engrossé une de nos bonnes. C'est lord Dyrecombe qui finançait la cure et la bonne est allée trouver lady Dyrecombe. Mon père a dit que c'était sa parole contre la sienne, mais la bonne était la fille d'un des métayers des Dyrecombe, un homme respecté, alors ils l'ont crue. On a ordonné à mon père de trouver une autre cure. L'évêque aussi était en colère contre lui et Apton Magna était le seul endroit disponible. Après la naissance du bébé, la bonne a mis fin à ses jours, elle s'est noyée, et lady Dyrecombe est allée voir mon père et a déclaré que la moindre des choses était d'élever le bébé comme s'il était le nôtre.

» Mon père s'intéressait peu à l'enfant jusqu'à ce qu'il remarque sa grande beauté. Nous y avons tous vu un moyen de restaurer notre prestige et notre fortune. Par chance, mon père a reçu un legs et nous avons décidé d'offrir à Dolly une Saison à Londres. Elle a protesté qu'elle était amoureuse du fils du forgeron, mais nous lui avons dit qu'elle nous devait tout. »

Il parlait d'une voix éteinte. Pendant un moment, le seul bruit dans la pièce fut celui du crayon de l'agent qui prenait des notes en sténo.

Jeremy soupira et reprit son monologue :

« Ensuite, lord Berrow a demandé la permission de présenter ses compliments à Dolly. Nous l'avons prévenue qu'il viendrait dans la matinée et qu'elle devrait accepter sa demande. Nous avions tellement d'espoirs. Berrow nous avait fait des promesses. Une fois qu'il serait marié à Dolly et que j'aurais fini mes études à Oxford, il me trouverait une bonne situation, peut-être même à Mayfair. Il parlerait à l'archevêque et il ferait nommer mon père dans une paroisse moins miteuse qu'Apton Magna. La chance tournait enfin ! Nous étions si heureux.

» Et puis Dolly s'est mise à hurler qu'elle ne le ferait pas, qu'elle s'enfuirait. Elle est montée dans sa chambre.

» Mes parents m'ont envoyé lui parler. Elle m'a provoqué. Elle a osé me rire au nez. À moi ! Cette intruse, cette bâtarde, a osé se moquer de moi ! J'étais fou de rage. Je suis allé dans ma chambre chercher mon poignard, une dague turque que l'on m'a offerte.

» Je suis retourné la voir et je l'ai menacée. “Tu vas faire ce qu'on te demande, ou je te tuerai”, voilà ce que je lui ai dit. Elle a ri encore une fois.

“Toi ? Tu n’es pas un homme comme mon Roger. Tu n’oseras jamais !” » C’est là que je l’ai poignardée. Il y avait du sang partout. Mes parents nous ont rejoints, affolés.

» Il fallait éloigner le cadavre de la maison. Au bal, nous avions vu Dolly glisser un billet à lady Rose, à qui nous l’avions volé. Nous savions qu’elle avait prévu de la rejoindre près de la Serpentine. Avec un peu de chance, si lady Rose découvrait le corps, on penserait que c’était elle la coupable.

» Nous lui avions fait faire ce costume de dame de Shalott parce que ses fiançailles devaient être annoncées au bal masqué prévu la semaine suivante. Nous l’avons nettoyée et lui avons passé le costume. Je suis allé chercher la calèche aux écuries, nous l’avons mise dedans et transportée jusqu’à la Serpentine, où nous l’avons déposée dans une barque. Mon père a prié pour elle. D’une certaine manière, ça a adouci l’horreur de la voir allongée là, si paisible et si belle.

» Au matin, nous avons rassemblé les domestiques. Nous leur avons expliqué que Dolly avait fait une fugue. L’un d’entre eux a demandé ce qui avait provoqué le remue-ménage de la veille au soir. Je leur ai dit que s’ils en soufflaient mot à quiconque, ils perdraient leur place.

– Pourquoi vous en être pris à lady Rose ? interrogea Kerridge.

– Les journaux sous-entendaient qu’elle cachait quelque chose. J’étais terrifié. Je suis allé voir ce scélérat de Bolton. Quand je lui rendais visite en prison, il répétait qu'il était prêt à n'importe quoi pour de l'argent. Sur le moment, je n'avais pas pensé qu'il pourrait m'être utile. Jusqu'à cette histoire. La seule arme à feu que nous avions était un revolver de poche. Je le lui ai donné.

» Seulement, le valet de pied qu'on avait embauché en extra, Will, s'est mis à nous faire chanter. Il était réveillé quand nous avons transporté le corps dans la calèche et il nous a vus. Je savais qu'il nous saignerait à blanc, alors je suis allé chez lui et je lui ai réglé son compte. C'est tout. Vous pouvez relâcher mes parents.

– Votre père sera inculpé d'enlèvement et d'agression, mais il ne sera pas pendu. Votre déposition va être tapée et vous devrez la signer », dit Kerridge.

Quand Jeremy eut quitté la pièce sous bonne escorte, Kerridge s'épongea le front. « Dieu merci, c'est fini. Comment se porte lady Rose ?

– Je n'ai pas eu le temps d'aller la voir.

– Eh bien c'est le moment. Vous ne connaissez pas grand-chose aux femmes, pas vrai ?

– Qu'est-ce qui vous fait dire ça ?

– Vous n'auriez pas dû la traiter d'idiote.

– J'étais bouleversé, j'ai eu tellement peur pour elle.

– Allez faire la paix avec votre fiancée. »

Mais quand Harry se présenta à la demeure du comte, on l'informa que lady Rose était « absente ».

Ce soir-là, le capitaine dit à Becket : « J'ai blessé lady Rose. Kerridge m'accuse de ne rien connaître aux femmes. Comment me faire pardonner ?

– Il existe une chose appelée la curiosité féminine, répondit Becket. Lady Rose est peut-être en colère contre vous, mais je suis sûr qu'elle tient beaucoup à connaître le fin mot de l'histoire. Puis-je vous suggérer, Monsieur, d'inviter à déjeuner toutes les personnes liées à cette affaire, y compris Phil, Miss Friendly et votre secrétaire ? Vous pourriez réserver un salon privé au Rules Restaurant. »

Le Rules était situé à Covent Garden. Il avait la faveur du roi Édouard, qui était allé jusqu'à ordonner la construction d'un escalier particulier afin de pouvoir escorter ses bonnes amies à l'abri du regard des autres clients.

« C'est exactement ce que je vais faire, déclara Harry. Recevoir une jeune femme dans un restaurant public est tout à fait convenable, ses parents ne devraient pas y voir d'objection. »

Après sa mésaventure à Apton Magna, Rose se vit infliger une leçon de morale cinglante et fut sommée de rester dans ses appartements. Elle avait interdiction de quitter la maison. Toutes ses obligations mondaines furent annulées.

Harry savait que s'il invitait Rose par courrier à participer au déjeuner qu'il organisait, le comte serait le premier à lire la lettre et risquait de la déchirer.

Il choisit donc de se présenter en personne.

Le comte n'avait aucune envie de le recevoir. Seule la pensée que Harry demeurait malgré tout le fiancé de sa fille et qu'il lui avait sauvé la vie l'incita finalement à autoriser le capitaine à être introduit au salon.

« Eh bien, qu'est-ce que vous voulez ? » demanda-t-il quand on fit entrer Harry.

Une fois de plus, le comte détailla la silhouette séduisante et le costume impeccablement coupé du capitaine Cathcart. Si seulement cet olibrius n'avait pas choisi une occupation aussi malséante.

« Asseyez-vous. Que se passe-t-il encore ? »

Harry lui raconta les aveux de Jeremy. Puis il ajouta : « Je sais que votre fille a pris des risques, mais c'est grâce à elle que nous l'avons arrêté. Je vous garantis qu'elle n'avait pas mon assentiment.

– Si elle ne vous avait pas rencontré, elle ne se serait jamais mise dans pareille situation.

– Monsieur, permettez-moi de vous rappeler qu'il n'y a pas si longtemps, un propre à rien a failli abuser de sa confiance. Ce n'étaient pas mes affaires, pourtant vous m'avez engagé pour la sortir du pétrin. Quant au rassemblement de suffragettes, je ne la connaissais même pas à l'époque. Lady Rose aura toujours besoin que je la protège. »

Le comte darda un regard perçant sur Harry. « Alors à quand le mariage ?

– Nous fixerons bientôt une date.

– Ces fiançailles me semblent douteuses. Pourquoi êtes-vous ici ? Pour voir Rose ?

– Je crains que votre fille ne soit furieuse après moi. J'étais si inquiet de la situation délicate dans laquelle elle s'était placée, j'ai eu tellement peur pour elle, qu'il est possible que je l'aie traitée d'idiote.

– Elle s'est comportée comme telle.

– Lady Rose a fait preuve d'un grand courage. Je voudrais me réconcilier avec elle. J'organise un déjeuner privé au Rules pour elle et quelques autres convives. J'espère que sa curiosité pour le dénouement de l'affaire la persuadera d'accepter mon invitation. Puis-je vous prier d'intercéder en ma faveur ? »

Le comte s'abîma dans ses pensées. Il souhaitait de tout son cœur que ces fiançailles soient rompues et que sa tête de mule de fille trouve quelqu'un de plus conventionnel. D'un autre côté, lucide, il se doutait que Rose duperait aisément un mari plus classique pour n'en faire qu'à sa tête. Sans compter que, selon lady Polly, elle était amoureuse de Cathcart.

« Très bien. Quand ?

– Demain, à une heure. Miss Levine et Miss Friendly sont également conviées.

– D'accord pour Levine, mais pourquoi inviter la couturière ?

– Parce qu'elle a participé à l'enquête.

– Soit. Je vais voir ce que je peux faire. »

Après le départ de Harry, le comte se dirigea vers le salon du matin, où lady Polly était allongée sur une méridienne, le nez dans un livre.

« Nous avons un problème », annonça le comte. Il lui fit part de sa conversation avec Harry.

« D'après ce que je sais, Rose a dit aux domestiques qu'elle ne souhaitait pas le voir, soupira lady Polly en posant son livre.

– Despotique et effrontée, comme toujours. J'ai l'épouvantable sentiment que ce sera Cathcart ou personne. Au train où vont les choses, nous l'aurons sur les bras jusqu'au bout et je n'aurai jamais d'héritier.

– C'est pourtant on ne peut plus simple, tempéra lady Polly. Dites-lui que nous ne voulons pas qu'elle y aille. Elle voudra instantanément faire le contraire. C'est toujours ainsi avec elle. »

Ils convoquèrent Rose. Elle les écouta en silence. « Dites au capitaine Cathcart que je ne suis pas disponible.

– Parfait, répondit lady Polly. Tout ce que veut ce triste sire, c'est te raconter ce qui s'est passé à Scotland Yard. Il a également invité Friendly et Levine. Je ne vois pas de raison pour qu'elles n'y aillent pas. Je trouve ta décision tout à fait raisonnable. Tu dois être heureuse que cette sordide histoire soit terminée. »

Rose se mordit les lèvres. Elle détestait l'idée

que Daisy se voie relater en détail la conclusion de l'affaire.

« Peut-être devrais-je y aller, se ravisa-t-elle. Après tout, c'est moi qui ai découvert le meurtrier.

– Si tu y vas, ce sera contre notre volonté expresse », intervint son père.

Agacée, Rose prit la mouche. « Vous comptez me boucler dans mes appartements jusqu'à la fin de mes jours ? Je pourrais m'enfuir et trouver du travail. Je l'ai déjà fait et je recommencerai.

– Oh, arrête donc de rouspéter, aboya le comte. Vas-y, puisque c'est que tu veux. »

Rose se prépara avec un soin exceptionnel pour ce déjeuner. D'ordinaire, elle rechignait à enfiler les dessous contraignants nécessaires pour obtenir la silhouette en forme de S qui était en vogue et ne portait qu'un corselet et aussi peu de jupons que possible. Mais ce jour-là, elle avait décidé de se parer de ses plus beaux atours afin de montrer à ce maudit capitaine qu'elle était une jeune femme de haute lignée, une lady, et non pas une petite écervelée.

Turner la sangla dans un long corset de coutil rose, une solide étoffe de coton, et rembourra ses hanches et ses bras. Un capitonnage descendait également le long de son buste pour accentuer sa poitrine et créer la fameuse silhouette en forme de sablier. Une fois les bas de soie attachés aux jarretelles, Rose fut engoncée dans six jupons :

trois de taffetas et trois d'organdi. Turner lui enfila ensuite une robe de taffetas et de tulle rose et attacha les petits boutons qui couraient tout le long du dos pendant que sa maîtresse prenait son mal en patience.

Puis Rose s'assit à la coiffeuse et Turner lui releva les cheveux sur des coussinets, des « rats », comme on les appelait. Au sommet de sa tête, la femme de chambre plaça une création de Miss Friendly, une galette de paille ornée de roses et d'un ruban en soie rose qui se terminait en longs serpentins.

Pour couronner le tout, la robe était dotée d'un haut col baleiné.

Enfin, juchée sur de hauts talons, Rose descendit l'escalier d'un pas hésitant.

Lady Polly sortit du salon et passa en revue la tenue de sa fille. « Je ne t'ai jamais vue aussi élégante. C'est un changement bienvenu des robes d'après-midi que tu sembles privilégier ces temps-ci. » Rose préférait ces toilettes moins formelles car elles étaient dépourvues de corset.

Miss Friendly et Daisy suivaient, dûment corsetées et chapeautées elles aussi.

Un des attelages du comte les emmena au Rules, à Covent Garden. Elles furent introduites à l'étage, dans le salon privé que Harry avait réservé pour l'occasion.

« Je pense que vous connaissez tout le monde », dit le capitaine. Il tira une chaise pour Rose et murmura : « Vous êtes plus belle que jamais. »

Rose, qui s'était pourtant habillée pour l'impressionner, en fut irrationnellement contrariée. Typique des hommes, pensa-t-elle. Il ne me trouve jolie que lorsque je suis vêtue comme une poupée.

Ils prirent place autour de la table, Rose près de Harry, Daisy à côté de Becket, Miss Friendly près de Phil, lui-même à côté d'Ailsa.

« J'ai demandé une table ronde car il s'agit d'un déjeuner informel, commença Harry. Je me doute que vous avez hâte d'entendre ce qui s'est passé à Scotland Yard. Mais je pense que je devrais attendre la fin du repas, quand les serveurs auront débarrassé. »

Rose enviait l'aisance de Daisy, qui parlait avec enthousiasme à Becket. Miss Friendly semblait s'entendre à merveille avec Phil. Quant à Ailsa, elle vidait verre sur verre, souriant à la cantonade, ne contribuant que peu à la conversation.

Le repas était fastueux. Au menu, un consommé suivi de filets de truite, puis de cailles farcies et de jambon. Après cela, arrivèrent des ortolans rôtis et des asperges. Pour ceux qui avaient encore faim, il y eut un *punch cake* au champagne, suivi de toasts aux anchois.

Les mets étaient délicieux, mais Rose ne pouvait, tant littéralement que métaphoriquement, manger à sa faim. Chaque bouchée semblait resserrer son corset et la présence de Harry si près d'elle lui ôtait l'appétit. Il ne semblait pas remarquer ses silences et entretenait un flot de conversation continu sur le temps qu'il faisait, le gouvernement et la crainte des grèves. Ce n'est que lorsqu'il lui posa des questions sur ses activités charitables que Rose s'anima, oubliant la rancœur qu'elle ressentait à son égard.

Elle lui reparla de son désir de créer une œuvre de charité dès qu'elle serait majeure. Elle lui confia combien servir à la soupe populaire la faisait se sentir moins inutile et décrivit certains des indigents qu'elle y avait rencontrés.

Une fois le repas terminé, quand les serveurs eurent débarrassé, Harry donna de petits coups de couteau sur son verre à vin et annonça : « Il est temps de vous raconter ce qui s'est passé. »

La petite assemblée écouta avec une attention captivée le récit des aveux de Jeremy. « Une ambition démesurée mâtinée d'un snobisme maladif a rendu cette famille complètement folle, conclut Harry. Sans lady Rose, je n'aurais pas eu suffisamment de preuves pour découvrir la vérité.

– Et lord Berrow ? demanda Daisy. Je suis stupéfaite qu'il n'ait rien à voir avec cette histoire.

– Il a tout de même envoyé quelqu'un s'en prendre à Miss Bridge, souligna Harry. Lui et Banks ont été tués dans un accident de voiture en Écosse, ils ne causeront plus d'ennuis à personne. Je n'oublierai jamais le courage de notre excellente Miss Bridge. Miss Bridge ? »

Il se rendit compte qu'il s'adressait à un siège vide.

« Elle est sous la table, patron, dit Phil en se penchant.

– C'est ma faute, s'excusa Harry d'un air contrit. Aidez-la à se relever. Miss Bridge est fille de missionnaire, elle ne doit pas être habituée à boire de l'alcool. »

Becket et Phil hissèrent Ailsa sur sa chaise. Elle entrouvrit les yeux et leur adressa un sourire ensommeillé. « Qu'est si s'passe ? demanda-t-elle avant de rouler à nouveau sous la table.

– Becket, prenez l'auto et raccompagnez-la chez elle, voulez-vous ? Vous savez où elle habite ?

– J'y suis allé une fois, répondit Becket. Je ferais mieux d'emmener Miss Levine avec moi. Il serait préférable qu'une femme m'accompagne.

– Très bien. Je pense qu'il est temps pour nous tous de rentrer chez nous. Vous disposez d'un attelage, lady Rose ?

– Oui, un des serveurs dira au cocher d'avancer ma calèche.

– Alors je vous escorterai, vous et Miss Friendly. Phil, accompagnez Becket, il pourra vous reconduire à Chelsea après avoir déposé Miss Bridge chez elle. »

Une fois devant la demeure du comte, Harry aida Rose à descendre de calèche. « Entrez, Miss Friendly. Je souhaiterais dire un mot en privé à ma fiancée. »

Il se tourna vers Rose et lui sourit, les yeux dans

les yeux. « Alors, nous sommes de nouveau bons amis ?

– Je crois que oui. »

Il cacha leur visage derrière son chapeau de soie et se pencha pour l'embrasser. À ce moment précis, une des baleines de son corset, qui s'était détachée petit à petit, se planta brusquement dans les côtes de Lady Rose et lorsque les lèvres de Harry s'approchèrent des siennes, elle grimaça de douleur.

Harry y vit une manifestation de dégoût.

Il enfonça rageusement son chapeau sur sa tête. « Je vous souhaite une bonne journée », lança-t-il, avant de tourner les talons et de traverser la place à grands pas.

Cela faisait bien longtemps que Harry était célibataire. Tandis que, furieux, il parcourait les rues de Londres en direction de Chelsea, il se maudit d'avoir contracté des fiançailles avec une femme telle que lady Rose Summer. Elle était belle, certes, mais froide comme la glace.

À mi-chemin, il changea d'avis et se mit en route pour le Club.

Il y fut accueilli avec effusion par une haute silhouette. « Bon sang, vieux citron, c'est vraiment toi ? Je pensais que tu avais été tué à Magersfontein ! »

Le visage de Harry s'illumina quand il reconnut le colonel Jimmy Frent-Winston. Jimmy avait maintenant l'allure d'un homme du monde à l'élégance canaille. Il avait un profil aquilin et des yeux bleus impertinents. « Assieds-toi, Harry. Commandons une bouteille de champagne.

– Toujours dans l'armée ? s'enquit le capitaine Cathcart.

– En permission. Je viens prendre un peu de bon temps. Le bruit court que tu es fiancé, c'est vrai ?

– Oui, mais ça ne colle pas, lâcha Harry, ressentant soudain l'envie de se confier.

– Ah ? Eh bien suis mon conseil, prends tes jambes à ton cou. »

Ils burent du champagne et échangèrent des souvenirs de guerre, et l'après-midi toucha à sa fin.

« Eh bien, dit Jimmy. Je sais exactement comment finir la journée. Allons à l'Empire et trouvons-nous une paire de jolies souris. »

Music-hall tout de bleu et de doré, l'Empire était un endroit des plus luxueux. Son principal attrait était la galerie qui surplombait la salle de spectacle et que l'on appelait la Promenade. C'était l'endroit où paradait l'aristocratie de la prostitution : des blondes, des brunes, des rousses, qui se déplaçaient avec une espèce de grâce féline et affichaient d'excellentes manières. Elles n'accostaient jamais un homme. Elles se contentaient de déambuler, parées de bijoux étincelants et de toilettes froufroutantes, laissant dans leur sillage un parfum de fleurs de frangipanier ou de patchouli. Tout au plus, un gentleman sentait-il une main effleurer la sienne ou la légère pression d'un corps vêtu de soie alors que, appuyé sur la balustrade, il regardait le spectacle en contrebas.

En 1894, une certaine Mrs Ormiston Chant avait violemment critiqué la présence de ces courtisanes, criant à « l'esclavage blanc ». Elle et ses sympathisantes bataillèrent avec persévérance, mais l'assaut se solda par un échec. Tout ce que Mrs Ormiston Chant obtint fut de voler la vedette à Guy Fawkes lors des festivités de l'anniversaire de la Conspiration des poudres, durant lesquelles c'est son effigie que l'on brûla.

Harry hésita. Il avait eu quelques liaisons avec des femmes respectables et aucune ne s'était révélée sérieuse. Mais Rose l'avait blessé dans son amour-propre et, il en avait le sentiment, dans sa virilité. Et puis, il avait trop bu.

Ils prirent un cab. Harry savourait la compagnie de Jimmy. Il travaillait si dur qu'il avait peu de temps à consacrer à l'amitié.

L'Empire se considérait comme un club et à ce titre, on n'y accédait pas gratuitement. Jimmy insista pour payer l'entrée. Le lieu était bondé, comme d'habitude. Le directeur, Mr Hitchins, veillait au grain et poussait avec tact les éventuels fauteurs de troubles vers la sortie. La plupart d'entre eux se contentaient de faire le tour du bâtiment et de payer à nouveau les cinq shillings d'entrée.

« Montons directement à la Promenade, dit Jimmy. J'aime faire du lèche-vitrines, pas toi ? »

C'est alors que Harry sentit un soubresaut de sobriété secouer son corps. Au fond, c'était un romantique, et faire son choix parmi des prostituées comme au marché lui sembla soudain insupportablement sordide.

Il eut cependant le bon sens de ne pas exprimer ce point de vue. Jimmy avait le verbe haut et le ton languissant des dandys. Harry était certain qu'il protesterait si bruyamment qu'il attirerait l'attention sur eux.

Il attendit que Jimmy entreprenne une jolie rousse pour lui fausser discrètement compagnie. Sur la scène, quelqu'un chantait « Elle n'était qu'une oiselle dans une cage dorée ». Harry gagna la rue. À l'entrée du music-hall, une affiche vantait sa nouvelle vedette, le Forgeron chantant. Harry s'arrêta un instant. Pouvait-il s'agir du joli cœur de Dolly ? Peu importait, le dossier était clos, il poursuivit donc son chemin.

Il décida de rentrer à pied pour s'éclaircir les idées et chasser les images exaspérantes de Rose qui ne cessaient de l'assaillir.

Puis il se souvint de la séduisante Mrs Losse. Il brûlait d'envie de flirter avec une femme qui saurait lui émoustiller les sens.

Harry se mit en route pour Kensington. Il approchait de la jolie maison de Launceston Place, quand il vit un somptueux carrosse descendre la rue. Il se dissimula dans l'ombre.

L'attelage s'arrêta devant la porte de Mrs Losse. Harry entendit une voix dire : « Je n'aurai plus besoin de vous ce soir », et le carrosse s'éloigna. Une silhouette corpulente monta les marches du perron et se retourna, comme si elle avait conscience d'être observée.

À la lumière de la lanterne située au-dessus de la porte d'entrée, Harry reconnut les yeux protubérants aux paupières tombantes, la bouche sensuelle et la barbe épaisse. Le visiteur fumait un cigare.

La porte s'ouvrit sur Mrs Losse.

Et le roi Édouard entra.

Harry reprit le chemin de Chelsea. La pensée qu'il s'était montré désobligeant avec Becket le frappa. Ce n'était pas parce que lui était malheureux en amour qu'il devait faire souffrir son majordome. Becket lui manquerait, bien sûr, mais il devait pouvoir saisir sa chance de se marier.

Il les établirait, lui et Daisy, dans un commerce quelconque, et Phil reprendrait la place de factotum.

Rose n'avait aucune nouvelle de Harry et se rongeait les sangs, ne sachant que faire. Elle et ses parents avaient été invités à passer quelques jours à la campagne, chez Mrs Barrington-Bruce. Harry avait lui aussi été convié, mais n'avait pas téléphoné, ni pour accepter ni pour décliner l'invitation.

Pendant le trajet vers la demeure de leur hôtesse, Rose se rendit compte que Daisy essayait de réprimer un certain enthousiasme. Elle ne cessait de sortir une lettre pour la lire encore et encore.

« Que dit cette lettre ? demanda Rose.

– Plus tard », chuchota Daisy, avec un bref regard d'avertissement en direction de lady Polly.

C'est Brum qui s'occupait de collecter et distribuer le courrier des domestiques. Daisy, bien qu'élevée au rang de dame de compagnie, restait une domestique aux yeux du majordome et, par conséquent, avait le privilège de recevoir son courrier non décacheté. Si la lettre de Becket était passée entre les mains du comte, il l'aurait très certainement ouverte et lue.

Lorsque, enfin, elles arrivèrent à destination et furent introduites dans leurs appartements, Daisy attendit que les femmes de chambre aient défait leurs malles pour annoncer à Rose : « J'ai une nouvelle merveilleuse !

– Quoi donc ?

– Le capitaine autorise Becket à m'épouser. Il va nous établir dans le commerce. »

Rose la dévisagea avec consternation. « Vous allez me quitter ?

– Oui, mais vous avez Turner, répondit Daisy, rendue joyeusement égoïste par la bonne nouvelle. Vous ne me félicitez pas ?

– Bien sûr, Daisy. Je suis triste parce que je ne veux pas vous perdre, c'est tout.

– Je ne serai pas loin. Oh, j'espérais tellement que le capitaine viendrait ce week-end et qu'il amènerait Becket. Qu'est-ce qui lui est encore passé par la tête ?

– C'est ma faute. Il… il a essayé de m'embrasser et juste à ce moment-là, une des baleines de mon corset m'est rentrée dans les côtes. J'ai fait une grimace et il l'a prise pour lui. Il est parti très en colère.

– Alors écrivez-lui pour lui expliquer ce qui s'est passé.

– Impossible. Une lady ne parle pas de ses dessous.

– Pour l'amour du ciel ! Dites-lui que vous aviez des aigreurs d'estomac !

– De toute façon, il n'aurait pas dû essayer de m'embrasser. Nos fiançailles sont de pure convenance. »

Daisy la regarda avec inquiétude. « Si vous continuez sur cette voie, vous vous retrouverez le bec dans l'eau. Zou ! Direction les Indes, et sans moi, par-dessus le marché. Ne soyez pas si têtue. Écrivez-lui. Demain, c'est samedi. La lettre pourrait partir avec la levée du matin. »

Un sourire se dessina sur le visage de Rose. « Je le ferai. »

Avant le dîner, elle rédigea une lettre d'excuse simple, aussi enjouée que possible.

Puis elle sonna Turner et se soumit au pénible changement de tenue en vue de la soirée.

Le dîner comptait plusieurs autres convives et Rose fut placée à côté d'un certain major Guy Alexander, qui évoqua plaisamment toutes sortes de potins mondains. Il connaissait Harry, mais ne fit aucun commentaire sur son absence.

Après le dîner, les dames se retirèrent au salon, laissant les gentlemen deviser autour d'un porto.

L'atmosphère était étouffante. Rose ouvrit discrètement une porte-fenêtre et se glissa sur la terrasse. La salle à manger jouxtait le salon et des rires masculins lui parvinrent. Elle crut entendre prononcer le nom de Harry. Elle s'approcha et tendit l'oreille. C'était le major Alexander qui parlait.

« Vous demandiez des nouvelles de Cathcart ? Je sais pourquoi ce sacré renard n'est pas parmi nous ce soir.

– Ne nous faites pas languir, mon vieux, lança une voix.

– Je suis tombé sur Jimmy Frent-Winston ce matin. Hier soir, lui et Cathcart sont allés à l'Empire, sur la Promenade plus précisément. Il a tourné le dos un instant et Cathcart a pris la poudre d'escampette, de toute évidence en charmante compagnie. Pas le genre de type à perdre son temps, hein ? »

Le souffle coupé, Rose s'éloigna et descendit les marches qui menaient au jardin. Elle savait ce qu'était la Promenade, car la campagne pour la faire fermer avait fait les gros titres.

Elle fut frappée avec plus de force que jamais par le sort réservé à ces jeunes femmes. Elles n'étaient que des marionnettes dont la société faisait ce qu'elle voulait et l'on attendait d'elles qu'elles obéissent, un point c'est tout. En revanche, les hommes pouvaient gaudrioler autant qu'il leur plaisait, il convenait de fermer les yeux sur leurs frasques. Prisonnières de tenues élaborées et rigides, telles des geishas, les jeunes femmes bien nées se devaient d'être discrètes mais décoratives. Elles n'étaient pas censées avoir un avis sur quoi que ce soit. Et elles n'obtiendraient certainement jamais le droit de vote.

Harry Cathcart ne valait pas mieux que les autres. On lit des histoires à l'eau de rose, on rêve de preux chevaliers en armure étincelante, mais ils n'existent pas, pensa Rose. Elle savait que son propre père ne serait pas scandalisé par l'incursion de Harry à la Promenade. C'était l'usage parmi les gentlemen.

Elle regagna tristement le salon et sortit dans le hall, où la lettre qu'elle avait écrite à Harry reposait sur un plateau en argent, au milieu d'autres enveloppes qui attendaient la poste du matin. Elle la prit et la déchira en mille morceaux, qu'elle glissa dans son réticule en tulle doré.

Rose se sentait très seule. Daisy finirait par partir et tout ce qui lui resterait, ce serait un fiancé qui fréquentait des grues.

Elle remonta au salon d'un pas lourd, en proie

au sentiment aigu d'évoluer seule dans un monde dénué d'amour.

À Nice, Peter Petrey paressait sur la terrasse du Palace Hotel en contemplant la lune, qui dessinait un chemin argenté sur la Méditerranée. Il jeta un coup d'œil tendre à Jonathan. Il ne s'était jamais senti aussi heureux et comblé de toute sa vie.

Dans sa loge, à l'Empire, Roger Dallow déchiffrait encore et encore l'article sur l'arrestation de Jeremy Tremaine. Enfin, il posa le journal en soupirant, se souvenant des journées ensoleillées passées à courir dans les champs avec Dolly. Il était désormais marié à une petite gommeuse et engraissait à vue d'œil.

Ailsa Bridge était assise sur un banc, dans une église vide, et priait. La nuit précédente, elle avait été assaillie de cauchemars dans lesquels de grosses araignées sortaient des boiseries. Elle se recueillit longuement puis se releva avec raideur et rentra chez elle. Elle s'empara des deux bouteilles de gin qui était posées sur la paillasse de la cuisine, les ouvrit et les vida dans l'évier.

Le lundi, Harry fut sèchement convoqué chez les Hadfield. Quand il arriva, le comte, furieux, exigea de connaître la raison de son comportement.

Ne pas accompagner Rose chez leur hôtesse sans même s'excuser était un affront de premier ordre.

Harry plaida une indisposition passagère et présenta ses plus plates excuses. Le comte espéra *in petto* que cette indisposition n'était pas due à une saleté attrapée à l'Empire.

« Vous feriez bien de faire amende honorable auprès de votre fiancée. »

Sur quoi Rose les rejoignit à contrecœur au salon et le comte les laissa en tête à tête.

Elle portait une robe d'après-midi de chez Fortuny, le couturier italien. C'était un vêtement long et droit en satin savamment plissé, retenu au cou, aux poignets et à la taille par des chapelets de petits coquillages iridescents.

« Vous avez demandé à me voir ? dit-elle avec froideur. Asseyez-vous, je vous en prie.

– Je suis venu vous présenter mes plus sincères excuses. Je ne me sentais pas bien. »

Rose fut soudain consumée par la rage. Elle oublia toutes les règles de bienséance qui s'imposaient à une lady et remarqua avec rudesse : « J'ose espérer que votre affection n'a rien à voir avec la syphilis.

– Qu'avez-vous dit ?

– Vous m'avez très bien entendue. Frayer avec des filles de joie à l'Empire pourrait nuire à votre santé.

– Qui vous a raconté cela !

– Quelle importance ?

– Pour votre information, j'avais bu un verre de trop et je suis tombé sur un vieil ami de l'armée. Il a suggéré que nous allions à l'Empire. Votre froideur m'avait mis hors de moi. Quand j'ai essayé de vous embrasser, vous avez grimacé de dégoût. Mais je suis parti presque aussitôt arrivé. Je ne fréquente pas les prostituées et je ne les ai jamais fréquentées. Je sais que cela fait de moi un homme singulier, mais c'est la vérité. »

Rose s'assit, silencieuse. L'horloge égrenait les minutes. Le bois craqua dans l'âtre et un coup de vent enveloppa la maison comme un gros soupir.

« J'étais sur le point de vous envoyer une lettre pour vous expliquer ce qui s'était passé, finit-elle par dire. Je comptais attribuer l'expression de mon visage à des crampes d'estomac. Et puis j'ai surpris une conversation dans la salle à manger. Les hommes parlaient de votre visite à la Promenade. Alors j'ai déchiré ma lettre. Autant vous dire la vérité maintenant. Lorsque vous vous êtes penché pour m'embrasser, une des baleines de mon corset s'est plantée dans mes côtes. »

Un sourire fendit le visage sévère de Harry. « Oh, ma chère Rose, décidément, vous êtes une originale. »

Il se leva, s'approcha d'elle, prit ses mains dans les siennes et les embrassa l'une après l'autre. Puis, après l'avoir aidée à se lever, il la prit dans ses bras.

La voix de Brum leur parvint depuis le seuil :

« Monsieur souhaiterait savoir si vous désirez un rafraîchissement. »

Harry desserra son étreinte. « Rien, merci. » Il chuchota à Rose : « Plus tard. » Sur quoi il prit congé.

Rose avait envie de chanter. Tout se passerait bien après tout.

La famille Shufflebottom passait les vacances d'été à Scarborough. Calés dans des fauteuils de plage, Bert et Sally surveillaient les enfants.

« Quel dommage que Rose n'ait pas été là pour voir Frankie faire ses premiers pas, lança Sally.

– Elle est retournée à sa vie somptueuse. Pourquoi s'embêterait-elle avec des gens comme nous maintenant qu'elle est hors de danger ? »

Sally contemplait la plage. « Ces deux femmes, là-bas, elles ressemblent à Rose et Daisy, non ?

– Impossible ! »

Sally se leva et plissa les yeux pour se protéger du soleil. « Si, c'est elles ! C'est bien elles ! »

Rose se mit à courir et prit Sally dans ses bras. « Je pensais que vous nous aviez oubliés, dit celle-ci tandis que Bert se levait à son tour et que les enfants se massaient autour d'eux.

– Comment aurions-nous pu ? protesta Rose. Mes parents rendent visite à des amis dans le Yorkshire et ils nous ont donné la permission de passer la journée ici.

– Le capitaine est avec vous ? s'enquit Bert.

– Non, il est à l'étranger pour affaires.

– Et il a emmené Becket », ajouta Daisy.

Elles passèrent un après-midi joyeux avec la petite famille, puis repartirent dans la calèche du comte.

« Vivement qu'ils soient de retour », souffla Daisy.

Rose acquiesça d'un signe de tête. Leur malentendu dissipé, elle avait eu hâte de revoir Harry. Mais elle n'avait reçu qu'une visite du général de brigade Bill Handy, qui l'avait l'informée que le capitaine avait été envoyé à l'étranger, en mission pour le gouvernement.

« Je commence à croire que Becket et moi ne réussirons jamais à nous marier », soupira Daisy.

Assurément, si quelque chose arrivait à Harry, songea Rose, je ne me marierais jamais. À côté de lui, les autres hommes manquaient cruellement de piquant.

La calèche s'éloigna de Scarborough, gagna la lande et son paysage désolé. Le ciel s'assombrissait.

Rose frissonna. Elle en avait le pressentiment, l'avenir s'annonçait funeste.

DU MÊME AUTEUR

AUX ÉDITIONS ALBIN MICHEL

Les enquêtes de lady Rose

1. MEURTRE ET SÉDUCTION
2. SOUPÇONS ET PRÉJUGÉS
3. RAISON ET CHÂTIMENTS
4. PASSIONS ET TRAHISONS

Agatha Raisin enquête

1. LA QUICHE FATALE
2. REMÈDE DE CHEVAL
3. PAS DE POT POUR LA JARDINIÈRE
4. RANDONNÉE MORTELLE
5. POUR LE MEILLEUR ET POUR LE PIRE
6. VACANCES TOUS RISQUES
7. À LA CLAIRE FONTAINE
8. COIFFEUR POUR DAMES
9. SALE TEMPS POUR LES SORCIÈRES
10. PANIQUE AU MANOIR
11. L'ENFER DE L'AMOUR
12. CRIME ET DÉLUGE
13. CHANTAGE AU PRESBYTÈRE

14. GARE AUX FANTÔMES

15. BAL FATAL

16. JAMAIS DEUX SANS TROIS

17. CACHE-CACHE À L'HÔTEL

18. UN NOËL PRESQUE PARFAIT

19. LA KERMESSE FATALE

20. VOICI VENIR LA MARIÉE

21. TROUBLE-FÊTE

22. DU LARD OU DU COCHON

23. SERPENT ET SÉDUCTION

24. GARE AUX EMPOISONNEUSES

25. AU THÉÂTRE CE SOIR

26. SECRETS SUR CANAPÉ

27. LES PISSENLITS PAR LA RACINE

28. CHASSE AUX SORCIÈRES

29. SONNENT LES CLOCHES

Les enquêtes de Hamish Macbeth

1. QUI PREND LA MOUCHE

2. QUI VA À LA CHASSE

3. QUI S'Y FROTTE S'Y PIQUE

4. QUI A UNE TAILLE DE GUÊPE

5. QUI FRANCHIT LA LIGNE JAUNE

6. QUI SÈME LE VENT

7. RIRA BIEN QUI RIRA LE DERNIER

8. LES FLÈCHES DE CUPIDON

9. PETITS CRIMES ENTRE VOISINS

10. BOURREAU DES CŒURS

11. LA PAIX DES MÉNAGES

12. BRAS DE FER

Composition Nord Compo
Impression CPI Bussière en octobre 2021
Editions Albin Michel
22, rue Huyghens, 75014 Paris
www.albin-michel.fr

ISBN : 978-2-226-45052-4
N° d'édition : 23967/01. N° d'impression : 2059860
Dépôt légal : novembre 2021
Imprimé en France